轻阅读
书系

巴黎的鳞爪·轮盘小说集

徐志摩 著

北方联合出版传媒(集团)股份有限公司
万卷出版公司

© 徐志摩 2015

图书在版编目（ＣＩＰ）数据

巴黎的鳞爪·轮盘小说集 / 徐志摩著 . —— 沈阳：
万卷出版公司，2015.6（2023.5 重印）
（轻阅读）
ISBN 978-7-5470-3624-2

Ⅰ.①巴… Ⅱ.①徐… Ⅲ.①中国文学 – 现代文学 –
作品综合集 Ⅳ.① I216.2

中国版本图书馆 CIP 数据核字 (2015) 第 068798 号

出 品 人：王维良
出版发行：北方联合出版传媒（集团）股份有限公司
　　　　　万卷出版公司
　　　　　（地址：沈阳市和平区十一纬路 29 号　邮编：110003）
印 刷 者：三河市双升印务有限公司
经 销 者：全国新华书店
幅面尺寸：155mm×220mm
字　　数：200 千字
印　　张：18
出版时间：2015 年 6 月第 1 版
印刷时间：2023 年 5 月第 2 次印刷
责任编辑：胡　利
责任校对：张　莹
封面设计：王晓芳
内文制作：王晓芳
ISBN 978-7-5470-3624-2
定　　价：59.00 元
联系电话：024-23284090
传　　真：024-23284448

序　言

　　年少读书，老师总以"生而有涯，学而无涯"相勉励，意思是知识无限而人生有限，我们少年郎更得珍惜时光好好学习。后来读书多了，才知庄子的箴言还有后半句："以有涯随无涯，殆已！"顿感一代宗师的见识毕竟非一般学究夫子可比。

　　一代美学家、教育家朱光潜老先生也曾说："书是读不尽的，就读尽也是无用。"理由是"多读一本没有价值的书，便丧失可读一本有价值的书的时间和精力"，可见"英雄所见略同"。

　　当代人的生活节奏越来越快，很多人感慨抽出时间来读书俨然成为一种奢侈。既然我们能够用来读书的时间越来越宝贵，而且实际上也并非每本书都值得一读，那么如何从浩瀚的书海中挑出真正适合自己的好书，就成为一项重要且必不可少的工作。于是，我们编纂了这套"轻阅读"书系，希望以一愚之得为广大书友们做一些粗浅的筛选工作。

　　本辑"轻阅读"主要甄选的是民国诸位大师、文豪的著作，兼选了部分同一时期"西学东渐"引入国内的外国名著。我们之所以选择这个时期的作品作为我们这套书系的第一辑，原因几乎是不言而喻的——这个时期是中国学术史上一个大时代，只有春秋战国等少数几个时代可以与之媲美，而且这个时代创造或引进的思想、文化、学术、文学至今对当代人还有着深远的影响。

当然，己所欲者，强施于人也是不好的，我们无意去做一个惹人生厌的、给人"填鸭"的酸腐夫子。虽然我们相信，这里面的每一本书都能撼动您的心灵，启发您的思想，但我们更信任读者您的自主判断，这么一大套书系大可不必读尽。若是功力不够，勉强读尽只怕也难以调和、消化。崇敬慷慨激昂的闻一多的读者未必也欣赏郁达夫的颓废浪漫；听完《猛回头》《警世钟》等铿锵澎湃的革命号角，再来朗读《翡冷翠的一夜》等"吴侬软语"也不是一个味儿。

读书是一件惬意的事，强制约束大不如随心所欲。偷得浮生半日闲，泡一杯清茶，拉一把藤椅，在家中阳光最充足的所在静静地读一本好书，聆听过往大师们穿越时空的凌云舒语，岂不快哉？

周志云

目 录

巴黎的鳞爪

轮盘小说集

志摩的诗

巴黎的鳞爪

给陆小曼——代序

这几篇短文，小曼，大都是在你的小书桌上写得的。在你的书桌上写得：意思是不容易。设想一只没遮拦的小猫尽跟你捣乱：抓破你的稿纸，踹翻你的墨盂，袭击你正摇着的笔杆，还来你鬓发边擦一下，手腕上龈一口，偎着你鼻尖"爱我"的一声叫又跳跑了！但我就爱这捣乱，蜜甜的捣乱，抓破了我的手背我都不怨，我的乖！我记得我的一首小诗里有"假如她清风似的常在我的左右"，现在我只要你小猫似的常在我的左右！

你又该撅嘴生气了吧，曼，说来好像拿你比小猫。你又该说我轻薄相了吧。凭良心我不能不对你恭敬的表示谢意。因为你给我的是最严正的批评（在你玩儿彀了的时候），你确是有评判的本能，你从不容许我丝毫的"臭美"，你永远鞭策我向前，你是我的字业上的诤友！新近我懒散得太不成话了，也许这就是驽马的真相，但是曼，你不妨到时候再扬一扬你的鞭丝，试试他这蠃倒是真的还是装的。

志摩
八月二十日

巴黎的鳞爪·轮盘小说集

巴黎的鳞爪

　　咳巴黎！到过巴黎的一定不会再稀罕天堂；尝过巴黎的，老实说，连地狱都不想去了。整个的巴黎就像是一床野鸭绒的垫褥，衬得你通体舒泰，硬骨头都给熏酥了的——有时许太热一些。那也不碍事，只要你受得住。赞美是多余的，正如赞美天堂是多余的；咒诅也是多余的，正如咒诅地狱是多余的。巴黎，软绵绵的巴黎，只在你临别的时候轻轻地嘱咐一声："别忘了，再来！"其实连这都是多余的。谁不想再去？谁忘得了？

　　香草在你的脚下，春风在你的脸上，微笑在你的周遭。不拘束你，不责备你，不督饬你，不窘你，不恼你，不揉你。它搂着你，可不缚住你：是一条温存的臂膀，不是根绳子。它不是不让你跑，但它那招逗的指尖却永远在你的记忆里晃着。多轻盈的步履，罗袜的丝光随时可以沾上你记忆的颜色！

　　但巴黎却不是单调的喜剧。赛因河的柔波里掩映着罗浮宫的情影，它也收藏着不少失意人最后的呼吸。流着，温驯的水波；流着，缠绵的恩怨。咖啡馆：和着交颈的软语，开怀的笑响，有踞坐在屋隅里蓬头少年计较自毁的哀思。跳舞场：和着翻飞的乐调，迷醇的酒香，有独自支颐的少妇思量着往迹的怆心。浮动在上一层的许是光明，是欢畅，是快乐，是甜蜜，是和谐；但沉淀在底里阳光照不到的才是人事经验的本质：说重一点是悲哀，说轻一点是惆怅：谁不愿意永远在轻快的流波里漾着，可得留神了你往深处去时的发见！

一天，一个从巴黎来的朋友找我闲谈，谈起了劲，茶也没喝，烟也没吸，一直从黄昏谈到天亮，才各自上床去躺了一歇，我一合眼就回到了巴黎，方才朋友讲的情境惝恍的把我自己也缠了进去；这巴黎的梦真醇人，醇你的心，醇你的意志，醇你的四肢百体，那味儿除是亲尝过的谁能想像！——我醒过来时还是迷糊的忘了我在那儿，刚巧一个小朋友进房来站在我的床前笑吟吟喊我，"你做什么梦来了，朋友，为什么两眼潮潮的像哭似的？我伸手一摸，果然眼里有水，不觉也失笑了——可是朝来的梦，一个诗人说的，同是这悲凉滋味，正不知这泪是为那一个梦流的呢！

下面写下的不成文章，不是小说，不是写实，也不是写梦，——在我写的人只当是随口曲，南边人说的"出门不认货"，随你们宽容的读者们怎样看罢。

出门人也不能太小心了，走道总得带些探险的意味。生活的趣味大半就在不预期的发见，要是所有的明天全是今天刻板的化身，那我们活什么来了？正如小孩子上山就得采花，到海边就得捡贝壳，书呆子进图书馆想捞新智慧——出门人到了巴黎就想……

巴黎的鳞爪·轮盘小说集

你的批评也不能过分严正不是？少年老成——什么话！老成是老年人的特权，也是他们的本分；说来也不是他们甘愿，他们是到了年纪不得不。少年人如何能老成？老成了才是怪那！

放宽一点说，人生只是个机缘巧合；别瞧日常生活河水似的流得平顺，它那里面多的是潜流，多的是漩涡——轮着的时候谁躲得了给卷了进去？那就是你发愁的时候，是你登仙的时候，是你辨着酸的时候，是你尝着甜的时候。

巴黎也不定比别的地方怎样不同：不同就在那边生活流波里的潜流更猛，旋涡更急，因此你叫给卷进去的机会也就更多。

我赶快得声明我是没有叫巴黎的旋涡给淹了去——虽则也就够险。多半的时候我只是站在赛因河岸边看热闹，下水去的时候也不能说没有，但至多也不过在靠岸清浅处溜着，从没敢往深处跑——这来漩涡的纹螺，势道，力量，可比远在岸上时认清楚多了。

一、九小时的萍水缘

我忘不了她。她是在人生的急流里转着的一张萍叶，我见着了它，掬在手里把玩了一晌，依旧交还给它的命运，任它飘流去——它以前的飘泊我不曾见来，它以后的飘泊，我也见不着，但就这曾经相识匆匆的恩缘——实际上我与她相处不过九小时——已在我的心泥上印下踪迹，我如何能忘，在忆起时如何能不感须臾的惆怅？

那天我坐在那热闹的饭店里瞥眼看着她，她独坐在灯光景暗漆的屋角里，这屋内哪一个男子不带媚态，哪一个女子的胭脂口上不沾笑容，就只她：穿一身淡素衣裳，戴一顶宽边的黑帽，在鬓密的睫毛上隐隐闪亮着深思的目光——我几乎疑心她是修道院的女僧偶尔到红尘里随喜来了。我不能不接着注意她，她的别样的支颐的倦态，她的曼长的手指，她的落寞的神情，有意无意间的叹息，在在都激发我的好奇——虽则我那时左边已经坐下了一个瘦的，右边来了肥的，四条光滑的手臂不住的在我面前晃着酒杯。但更使我奇异的是她不等跳舞开始就匆匆的出去了，好像害怕或是厌恶似的。第一晚这样，第二晚又是这样：独自默默的坐着，到时候又匆匆的离去。到了第三晚她再来的时候我再也忍不住不想法接近她。第一次得着的回音，虽则是"多谢好意，我再不愿交友"的一个拒绝，只是加深了我的同情的好奇。我再不能放过她。巴黎的好处就在处处近人情；爱慕的自由是永远容许的。你见谁爱慕谁想接近谁，决不是犯罪，除非你在经程中泄漏了你的粗气暴气，陋相或是贫相，那不是文明的巴黎人所能容忍的。只要你"识相"，上海人说的，什么可能的机会你都可以利用。对方人理你不理你，当然又是一回事；但只要你的步骤对，文明的巴黎人决不让你难堪。

我不能放过她。第二次我大胆写了个字条付中间人——店主人——交去。我心里直怔怔的怕讨没趣。可是回话来了——她就走了，你跟着去吧。

她果然在饭店门口等着我。

你为什么一定要找我说话，先生，像我这再不愿意有朋

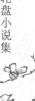

巴黎的鳞爪·轮盘小说集

友的人？

她张着大眼看我，口唇微微的颤着。

我的冒昧是不望恕的，但是我看了你忧郁的神情我足足难受了三天，也不知怎的我就想接近你，和你谈一次话，如其你许我，那就是我的想望，再没有别的意思。

真的她那眼内绽出了泪来，我话还没说完。

想不到我的心事又叫一个异邦人看透了……她声音都哑了。

我们在路灯的灯光下默默的互注了一晌，并着肩沿马路走去，走不到多远她说不能走，我就问了她的允许雇车坐上，直望波龙尼大林园清凉的暑夜里兜去。

原来如此，难怪你听了跳舞的音乐像是厌恶似的，但既然不愿意何以每晚还去？

那是我的感情作用；我有些舍不得不去，我在巴黎一天，那是我最初遇见——他的地方，但那时候的我……可是你真的同情我的际遇吗，先生？我快有两个月不开口了，不瞒你说，今晚见了你我再也不能制止，我爽性说给你我的生平的始末吧，只要你不嫌。我们还是回那饭庄去罢。

你不是厌烦跳舞的音乐吗？

她初次笑了。多齐整洁白的牙齿，在道上的幽光里亮着！有了你我的生气就回复了不少，我还怕什么音乐？

我们俩重进饭庄去选一个基角坐下，喝完了两瓶香槟，从十一时舞影最凌乱时谈起，直到早三时客人散尽侍役打扫屋子时才起身走，我在她的可怜身世的演述中遗忘了一切，当前的歌舞再不能分我丝毫的注意。

下面是她的自述。

我是在巴黎生长的。我从小就爱读天方夜谭的故事，以及当代描写东方的文学；啊，东方，我的童真的梦魂哪一刻不在它的玫瑰园中留恋？十四岁那年我的姊姊带我上北京去住，她在那边开一个时式的帽铺，有一天我看见一个小身材的中国人来买帽子，我就觉着奇怪，一来他长得异样的清秀，二来他为什么要来买那样时式的女帽；到了下午一个女太太拿了方才买去的帽子来换了，我姊姊就问她那中国人是谁，她说是她的丈夫，说开了头她就讲她当初怎样为爱他触怒了自己的父母，结果断绝了家庭和他结婚，但她一点也不追悔，因为她的中国丈夫待她怎样好法，她不信西方人会得像他那样体贴，那样温存。我再也忘不了她说话时满心怡悦的笑容。从此我仰慕东方的私衷又添深了一层颜色。

我再回巴黎的时候已经长成了，我父亲是最宠爱我的，我要什么他就给我什么，我那时就爱跳舞，啊，那些迷醉轻易的时光，巴黎哪一处舞场上不见我的舞影。我的妙龄，我的颜色，我的体态，我的聪慧，尤其是我那媚人的大眼——啊，如今你见的只是悲惨的余生再不留当时的丰韵——制定了我初期的堕落。我说堕落不是？是的，堕落，人生哪处不是堕落，这社会哪里容得一个有姿色的女人保全她的清洁？我正快走入险路的时候，我那慈爱的老父早已看出我的倾向，私下安排了一个机会，叫我与一个有爵位的英国人接近。一个十七岁的女子哪有什么主意，在两个月内我就做了新娘。

说起那四年结婚的生活，我也不应得过分的抱怨，但我们欧洲的势利的社会实在是树心里生了蠹，我怕再没有回复健康的希望。我到伦敦去做贵妇人时我还是个天真的孩子，哪有什么机心，哪懂得虚伪的卑鄙的人间的底里，我又是个外国人，到处遭受妒忌与批评。还有我那叫名的丈夫。他娶我究竟为什么动机我始终不明白，许贪我年轻贪我貌美带回家去广告他自己的手段，因为真的我不曾感着他一息的真情；新婚不到几时他就对我冷淡了，其实他就没有热过，碰巧我是个傻孩子，一天不听着一半句软语，不受些温柔的怜惜，到晚上我就不自制的悲伤。他有的是钱，有的是趋奉诌媚，成天在外打猎作乐，我愁了不来慰我，我病了不来问我，连着三年抑郁的生涯完全消灭了我原来活泼快乐的天机，到第四年实在耽不住了，我与他吵一场回巴黎再见我父亲的时候，他几乎不认识我了。我自此就永别了我的英国丈夫。因为虽则实际的离婚手续在他方面到前年方始办理，他从我走了后也就不再来顾问我——这算是欧洲人夫妻的情分！

我从伦敦回到巴黎，就比久困的雀儿重复飞回了林中，眼内又有了笑，脸上又添了春色，不但身体好多，就连童年时的种种想望又在我心头活了回来。三四年结婚的经验更叫我厌恶西欧，更叫我神往东方。东方，啊，浪漫的多情的东方！我心里常常的怀念着。有一晚，那一个运定的晚上，我就在这屋子内见着了他，与今晚一样的歌声，一样的舞影，想起还不就是昨天，多飞快的光阴，就可怜我一个单薄的女子，无端叫运神摆布，在情网里颠连，在经验的苦海里沉沦，朋友，我自分是已经埋葬了的活人，你何苦又来逼着我把往事掘起，我的话是简短的，但我身受的苦恼，朋友，你信我，是不可量的；你望我的眼里看，凭着你的同情你可以在刹那间领会我灵魂的真际!

他是菲利滨人,也不知怎的我初次见面就迷了他。他肤色是深黄的,但他的性情是不可信的温柔;他身材是短的,但他的私语有多叫人魂销的魔力?啊,我到如今还不能怨他;我爱他太深,我爱他太真,我如何能一刻忘他,虽则他到后来也是一样的薄情,一样的冷酷,你不倦么,朋友,等我讲给你听?

我自从认识了他我便倾注给他我满怀的柔情,我想他,那负心的他,也够他的享受,那三个月神仙似的生活!我们差不多每晚在此聚会的。秘谈是他与我,欢舞是他与我,人间再有更甜美的经验吗?朋友你知道痴心人赤心爱恋的疯狂吗?因为不仅满足了我私心的相望,我十多年梦魂缭绕的东方理想的实现。有他我什么都有了,此外我更有什么沾恋?因此等到我家里为这事情与我开始交涉的时候,我更不踌躇的与我生身的父母根本决绝。我此时又想起了我垂髫时在北京见着的那个嫁中国人的女子,她与我一样也为了痴情牺牲一切,我只希冀她这时还能保持着她那纯爱的生活,不比我这失运人成天在幻灭的辛辣中回味。

我爱定了他。他是在巴黎求学的,不是贵族,也不是富人,那更使我放心,因为我早年的经验使我迷信真爱情是穷人才能供给的。谁知他骗了我——他家里也是有钱的,那时我在热恋中抛弃了家,牺牲了名誉,跟了这黄脸人离却巴黎,辞别欧洲,经过一个月的海程,我就到了我理想的灿烂的东方。啊,我那时的希望与快乐!但才出了红海,他就上了心事,经我再三的逼,他才告诉他家里的实情,他父亲是菲利

巴黎的鳞爪·轮盘小说集

滨最有钱的土著，性情是极严厉的，他怕轻易不能收受我进他们的家庭。我真不愿意把此后可怜的身世烦你的听，朋友，但那才是我痴心人的结果，你耐心听着吧！

东方，东方才是我的烦恼！我这回投进了一个更陌生的社会，呼吸更沉闷的空气；他们自己中间也许有他们温软的人情，但轮着我的却一样还只是猜忌与讥刻，更不容情的刺袭我的孤独的性灵。果然他的家庭不容我进门，把我看作一个"巴黎淌来的可疑的妇人"。我为爱他也不知忍受了多少不可忍的侮辱，吞了多少悲泪，但我自慰的是他对我不变的恩情。因为在初到的一时他还是不时来慰我——我独自赁屋住着，但慢慢的也不知是人言浸润还是他原来爱我不深，他竟然表示割绝我的意思。朋友，试想我这孤身女子牺牲了一切为的还不是他的爱，如今连他都离了我，那我更有什么生机？我怎的始终不曾自毁，我至今还不信，因为我那时真的是没路走了。我又没有钱，他狠心丢了我，我如何能再去缠他，这也许是我们白种人的倔强，我不久便揩干了眼泪，出门去自寻活路。我在一个菲美合种人的家里寻得了一个保姆的职务；天幸我生性是耐烦领小孩的——我在伦敦的日子没孩子管，我就养猫弄狗——救活我的是那三五个活灵的孩子，黑头发短手指的乖乖。在那炎热的岛上我是过了两年没颜色的生活，得了一次凶险的热病，从此我面上再不存青年期的光彩。我的心境正稍稍回复平衡的时候两件不幸的事情又临着了我：一件是我那他与另一女子的结婚，这消息使我昏绝了过去，一件是被我弃绝的慈父也不知怎的问得了我的踪迹，来电说他老病快死要我回去。啊，天罚我！等我赶回巴黎的时候正好赶着与老人诀别，忏悔我先前的造孽！

　　从此我在人间还有什么意趣？我只是个实体的鬼影，活动的尸体；我的心也早就死了，再也不起波澜；在初次失望的时候我想象中还有个辽远的东方，但如今东方只在我的心上留下一个鲜明的新伤，我更有什么希冀，更有什么心情？但我每晚还是不自主的到这饭店里来小坐，正如死去的鬼魂忘不了他的老家！我这一生的经验本不想再向人前吐露的，谁知又碰着了你，苦苦的追着我，逼我再一度撩拨死尽的火灰，这来你够明白了，为什么我老是这落漠的神情，我猜你也是过路的客人，我深深自幸又接近一次人情的温慰，但我不敢希望什么，我的心是死定了的，时候也不早了，你看方才舞影凌乱的地板上现在只剩一片冷淡的灯光，侍役们已经收拾干净，我们也该走了，再会吧，多情的朋友！

二、"先生，你见过艳丽的肉没有？"

　　我在巴黎时常去看一个朋友，他是一个画家，住在一条老闻着鱼腥的小街底头一所老屋子的顶上一个 A 字式的尖阁里，光线暗惨得怕人。白天就靠两块日光胰子大小的玻璃窗给装装幌，反正住的人不嫌就得，他是照例不过正午不起身，不近天亮不上床的一位先生，下午他也不居家，起码总得上灯的时候他才脱下了他的开褂露出两条破烂的臂膀埋身在他那艳丽的垃圾窝里开始他的工作。

　　艳丽的垃圾窝——它本身就是一幅妙画！我说给你听听。贴墙有精窄的一条上面盖着黑毛毡的算是他的床，在这上面

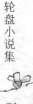

就准你规规矩矩的躺着，不说起坐一定扎脑袋，就连翻身也不免冒犯斜着下来永远不退让的屋顶先生的身份！承着顶尖全屋子顶宽舒的部分放着他的书桌——我捏着一把汗叫它书桌，其实还用提吗，上边什么法宝都有，画册子，稿本，黑炭，颜色盘子，烂袜子，领结，软领子，热水瓶子压瘪了的，烧干了的酒精灯，电筒，各色的药瓶，彩油瓶、脏手绢、断头的笔杆，没有盖的墨水瓶子，一柄手枪，那是瞒不过我花七法郎在密歇耳大街路旁旧货摊上换来的。照相镜子，小手镜、断齿的梳子、蜜膏、晚上喝不完的咖啡杯，详梦的小书，还有——还有可疑的小纸盒儿，凡士林一类的油膏……一只破木板箱一头漆着名字上面蒙着一块灰色布的是他的梳妆台兼书架，一个洋磁面盆半盆的胰子水似乎都叫一部旧版的卢骚集子给饕了去，一顶便帽套在洋瓷长提壶的耳柄上，从袋底里倒出来的小铜钱错落的散着像是土耳其人的符咒，几只稀小的烂苹果围着一条破香蕉像是一群大学教授们围着一个教育次长索薪……

壁上看得更斑斓了：这是我顶得意的一张庞那的底稿当废纸买来的，这是我临蒙内的裸体，不十分行，我来撩起灯罩你可以看清楚一点，草色太浓了，那膝部画坏了，这一小幅更名贵，你认是谁，罗丹的！那是我前年最大的运气，也算是错来的，老巴黎就是这点子便宜，挨了半年八个月的饿不要紧，只要有机会捞着真东西，这还不值得！那边一张挤在两幅油画缝里的，你见了没有，也是有来历的，那是我前年趁马克倒霉路过佛兰克福德时夹手抢来的，是真的孟察尔都难说，就差糊了一点，现在你给三千法郎我都不卖，加倍再加倍都值，你信不信？再看那一长条……在他那手指东点西的卖弄他的家珍的时候，你竟会忘了你站着的地方是不够六尺阔的一间阁楼，倒像跨在你头顶那两片斜着下来的屋顶也顺着他那艺术谈法术似的隐了去，露出一个爽恺的高天，壁上的疙瘩，壁蟏蛸窠，霉块，钉疤，全化成了哥罗画帧中"飘飘欲化烟"的最美丽林树与轻快的流涧；桌上的破领带及手绢烂香蕉臭袜子等等也全变形成戴大阔边稻草帽的牧童们，偎着树打盹的，牵着牛在涧里喝水的，手反衬着脑袋放平在青草地上瞪眼看天的，斜眼溜着那边走进来的娘们手按着音腔吹横笛的——可不是那边来了一群娘们，全是年岁青青的，露着胸膛，散着头发，还有光着白腿的在青草地上跳着来了？……唵！小心扎脑袋，这屋子真别扭，你出什么神来了？想着你的 Bel Ami 对不对？你到巴黎快半个月，该早有落儿了，这年头收成真容易——呒，太容易了！谁说巴黎不是理想的地狱？你吸烟斗吗？这儿有自来火。对不起，屋子里除了床，就是那张弹簧早经追悼过了的沙发，你坐坐吧，给你一个垫子，这是全屋子顶温柔的一样东西。

不错，那沙发，这阁楼上要没有那张沙发，主人的风格就落了一个极重要的原素。说它肚子里的弹簧完全没了劲，在主人说是太谦，在我说是简直污蔑了它。因为分明有一部分内簧是不曾死透的，那在正中间，看来倒像是一座分水岭，左右都是往下倾的，我初坐下时不提防它还有弹力，倒叫我骇了一下；靠手的套布可真是全霉了，露着黑黑黄黄不知是什么货色，活像主人衬衫的袖子。我正落了坐，他咬了咬嘴唇翻一翻眼珠微微的笑了。笑什么了你？我笑——你坐上沙发那样儿叫我想起爱菱。爱菱是谁？她呀——她是我第一个模特儿。模特儿？你的？你的破房子还有模特儿，你这穷鬼花得起……别急，究竟是中国初来的，听了模特儿就这样的起劲，看你那脖子都上了红印了！本来不算事，当然，可是我说像你这样的破鸡棚……破鸡棚便怎样，耶稣生在马号里的，安琪儿们都在马矢里跪着礼拜哪！别忙，好朋友，我讲你听。如其巴黎人有一个好处，他就是不势利！中国人顶糟了，这一点；穷人有穷人的势利，阔人有阔人的势利，半不阑珊的有半不阑珊的势利——那才是半开化，才是野蛮！你看像我这样子，头发像刺猬，八九天不刮的破胡子，半年不收拾的脏衣服，鞋带扣不上的皮鞋——要在中国，谁不叫我外国叫化子，哪配进北京饭店一类的势利场；可是在巴黎，我就这样儿随便问那一个衣服顶漂亮脖子搽得顶香的娘们跳舞，十回就有九回成，你信不信？至于模特儿，那更不成话，哪有在巴黎学美术的，不论多穷，一年里不换十来个眼珠亮亮的来坐样儿？屋子破更算什么？波希民的生活就是这样，按你说模特儿就不该坐坏沙发，你得准备杏黄贡缎绣丹凤朝阳做垫的太师椅请她坐你才安心对不对？再说……

　　别再说了！算我少见世面，算我是乡下老戆，得了；可是说起模特儿，我倒有点好奇，你何妨讲些经验给我长长见识？有真好的没有？我们在美术院里见着的什么维纳丝得米罗，维纳丝梅第妻，还有铁青的，鲁班师的，鲍第千里的，丁稻来笃的，箕奥其安内的裸体实在是太美，太理想，太不可能，太不可思议；反面说，新派的比如雪尼约克的，玛提斯的，塞尚的，高耿的，弗朗剌马克的，又是太丑，太损，太不像人，一样的太不可能，太不可思议。人体美，究竟怎么一回事？我们不幸生长在中国，女人衣服一直穿到下巴底下腰身与后部看不出多大分别的世界里，实在是太蒙昧无知，太不开眼。可是再说呢，东方人也许根本就不该叫人开眼的，你看过约翰巴里士那本《沙扬娜拉》没有，他那一段形容一个日本裸体舞女——就是一张脸子粉搽得像棺材里爬起来的颜色，此外耳朵以后下巴以下就比如一节蒸不透的珍珠米！——看了真叫人恶心。你们学美术的才有第一手的经验，我倒是……

　　你倒是真有点羡慕，对不对？不怪你，人总是人。不瞒你说，我学画画原来的动机也就是这点子对人体秘密的好奇。你说我穷相，不错，我真是穷，饭都吃不出，衣都穿不全，可是模特儿——我怎么也省不了。这对人体美的欣赏在我已经成了一种生理的要求，必要的奢侈，不可摆脱的嗜好；我宁可少吃俭穿，省下几个法郎来多雇几个模特儿。你简直可以说我是着了迷，成了病，发了疯，爱说什么就什么，我都承认——我就不能一天没有一个精光的女人耽在我的面前供养，安慰，喂饱我的"眼淫"。当初罗丹我猜也一定与我一样的狼狈，据说他那房子里老是有剥光了的女人，也不为坐样儿，单看她们日常生活"实际的"多变化的姿态——他是一个牧羊人，成天看着一群剥了毛皮的驯羊！鲁班师那位穷凶极恶的大手笔，说是常难为他太太做模特儿，结果因为他成天不断的画他太太竟许连穿裤子的空儿都难得有！但如果这话是真的鲁班师还是太傻，难怪他那画里的女人都是这剥白猪似的单调，少变化；美的分配在人体上是极神秘的一个现象，我不信有理想的全材，不论男女我想几乎是不可能的；

上帝拿着一把颜色望地面上撒，玫瑰，罗兰，石榴，玉簪，剪秋罗，各样都沾到了一种或几种的彩泽，但决没有一种花包涵所有可能的色调的，那如其有，按理论讲，岂不是又得回复了没颜色的本相？人体美也是这样的，有的美在胸部，有的腰部，有的下部，有的头发，有的手，有的脚踝，那不可理解的骨格，筋肉，肌理的会合，形成各各不同的线条，色调的变化，皮面的涨度，毛管的分配，天然的姿态。不可制止的表情——也得你不怕麻烦细心体会发见去，上帝没有这样便宜你的事情，他决不给你一个具体的绝对美，如果有我们所有艺术的努力就没了意义；巧妙就在你明知这山里有金子，可是在哪一点你得自己下工夫去找。啊！说起这艺术家审美的本能，我真要闭着眼感谢上帝——要不是它，岂不是所有人体的美，说窄一点，都变了古长安道上历代帝王的墓窟，全叫一层或几层薄薄的衣服给埋没了！回头我给你看我那张破床底下有一本宝贝，我这十年血汗辛苦的成绩——千把张的人体临摹，而且十分之九是在这间破鸡棚里勾下的，别看低我这张弹簧早经追悼了的沙发，这上面落坐过至少一二百个当得起美字的女人！别提专门做模特儿的，巴黎哪一个不知道俺家黄脸什么，那不算希奇，我自负的是我独到的发见：一半因为看多了缘故，女人肉的引诱在我差不多完全消灭在美的欣赏里面，结果在我这双"淫眼"看来，一丝不挂的女人就同紫霞宫里翻出来的尸首穿得重重密密的摇不动我的性欲，反面说当真穿着得极整齐的女人，不论她在人堆里站着，在路上走着，只要我的眼到，她的衣服的障碍就无形的消灭，正如老练的矿师一瞥就认出矿苗，我这美术本能也是一瞥就认出"美苗"，一百次里错不了一次；每回发见了可能的时候，我就非想法找到她剥光了她叫我看个满意不成，上帝保佑这文明的巴黎，我失望的时候真难得有！我记得有一次在戏院子看着了一个贵妇人，实在没法想（我当然试来）我那难受就不用提了，比发疟疾还难受——她那特长分明是在小腹与……

够了够了！我倒叫你说得心痒痒的。人体美！这门学问，这门福气，我们不幸生长在东方谁有机会研究享受过来？可是我既然到了巴黎，不幸气碰着你，我倒真想叨你的光开开我的眼，你得替我想法，要找在你这宏富的经验中比较最贴近理想的一个看看……

你又错了！什么，你意思花就许巴黎的花香，人体就许巴黎的美吗？太灭自己的威风了！别信那巴理士什么《沙扬娜拉》的胡说；听我说，正如东方的玫瑰不比西方的玫瑰差什么香味，东方的人体在得到相当的栽培以后，也同样不能比西方的人体差什么美——除了天然的限度，比如骨格的大小，皮肤的色彩。同时顶要紧的当然要你自己性灵里有审美的活动，你得有眼睛，要不然这宇宙不论它本身多美多神奇在你还是白来的。我在巴黎苦过这十年，就为前途有一个宏愿：我要张大了我这经过训练的"淫眼"到东方去发见人体美——谁说我没有大文章做出来？至于你要借我的光开开眼，那是最容易不过的事情，可是我想想——可惜了！有个马达姆朗洒，原先在巴黎大学当物理讲师的，你看了准忘不了，现在可不在了，到伦敦去了；还有一个马达姆薛托漾，她是远在南边乡下开面包铺子的，她就够打倒你所有的丁稻

来笃，所有的铁青，所有的箕奥其安内——尤其是给你这未
入流看，长得太美了，她通体就看不出一根骨头的影子，全
叫匀匀的肉给隐住的，圆的，润的，有一致节奏的，那妙是
一百个哥蒂蔼也形容不全的，尤其是她那腰以下的结构，真
是奇迹！你从意大利来该见过西龙尼维纳丝的残像，就那也
只能仿佛，你不知道那活的气息的神奇，什么大艺术天才都
没法移植到画布上或是石塑上去的（因此我常常自己心理辩
论究竟是艺术高出自然还是自然高出艺术，我怕上帝僭先的
机会毕竟比凡人多些）；不提别的单就她站在那里你看，从小
腹接桎上股那两条交会的弧线起直往下贯到脚着地处止，那
肉的浪纹就比是——实在是无可比——你梦里听着的音乐：
不可信的轻柔，不可信的匀净，不可信的韵味——说粗一点，
那两股相并处的一条线直贯到底，不漏一屑的破绽，你想通
过一根发丝或是吹度一丝风息都是绝对不可能的——但同时
又决不是肥肉的黏着，那就呆了。真是梦！唉，就可惜多美
一个天才偏叫一个身高六尺三寸长红胡子的面包师给糟蹋了；
真的这世上的因缘说来真怪，我很少看见美妇人不嫁给猴子
类牛类水马类的丑男人！但这是支话。眼前我招得到的，够
资格的也就不少——有了，方才你坐上这沙发的时候叫我想
起了爱菱，也许你与她有缘分，我就为你招她去吧，我想应
该可以容易招到的。可是上哪儿呢？这屋子终究不是欣赏美
妇人的理想背景，第一不够开展，第二光线不够——至少为
外行人像你一类着想……我有了一个顶好的主意，你远来客
我也该独出心裁招待你一次，好在爱菱与我特别的熟，我要
她怎么她就怎么；暂且约定后天吧，你上午十二点到我这里

来，我们一同到芳丹薄罗的大森林里去，那是我常游的地方，尤其是阿房奇石相近一带，那边有的是天然的地毯，这一时是自然最妖艳的日子，草青得滴得出翠来，树绿得涨得出油来，松鼠满地满树都是，也不很怕人，顶好玩的，我们决计到那一带去秘密野餐吧——至于"开眼"的话，我包你一个百二十分的满足，将来一定是你从欧洲带回家最不易磨灭的一个印象！一切有我布置去，你要是愿意贡献的话，也不用别的，就要你多买大杨梅，再带一瓶橘子酒，一瓶绿酒，我们享半天闲福去。现在我讲得也累了，我得躺一会儿，我拿我床底下那本秘本给你先揣摹揣摹……

隔一天我们从芳丹薄罗林子里回巴黎的时候，我仿佛刚做了一个最荒唐，最艳丽，最秘密的梦。

十四年十二月二十一日

翡冷翠山居闲话

在这里出门散步去，上山或是下山，在一个晴好的五月的向晚，正像是去赴一个美的宴会，比如去一果子园，那边每株树上都是满挂着诗情最秀逸的果实，假如你单是站着看还不满意时，只要你一伸手就可以采取，可以恣尝鲜味，足够你性灵的迷醉。阳光正好暖和，决不过暖；风息是温驯的，而且往往因为他是从繁花的山林里吹度过来他带来一股幽远的淡香，连着一息滋润的水气，摩挲着你的颜面，轻绕着你的肩腰，就这单纯的呼吸已是无穷的愉快；空气总是明净的，近谷内不生烟，远山上不起霭，那美秀风景的全部正像画片

似的展露在你的眼前，供你闲暇的鉴赏。

作客山中的妙处，尤在你永不须踌躇你的服色与体态；你不妨摇曳着一头的蓬草，不妨纵容你满腮的苔藓；你爱穿什么就穿什么；扮一个牧童，扮一个渔翁，装一个农夫，装一个走江湖的桀卜闪，装一个猎户；你再不必提心整理你的领结，你尽可以不用领结，给你的颈根与胸膛一半日的自由，你可以拿一条这边颜色的长巾包在你的头上，学一个太平军的头目，或是拜伦那埃及装的姿态；但最要紧的是穿上你最旧的旧鞋，别管他模样不佳，他们是顶可爱的好友，他们承着你的体重却不叫你记起你还有一双脚在你的底下。

这样的玩顶好是不要约伴，我竟想严格的取缔，只许你独身；因为有了伴多少总得叫你分心，尤其是年轻的女伴，那是最危险最专制不过的旅伴，你应得躲避她像你躲避青草里一条美丽的花蛇！平常我们从自己家里走到朋友的家里，或是我们执事的地方，那无非是在同一个大牢里从一间狱室移到另一间狱室去，拘束永远跟着我们，自由永远寻不到我们；但在这春夏间美秀的山中或乡间你要是有机会独身闲逛时，那才是你福星高照的时候，那才是你实际领受，亲口尝味，自由与自在的时候，那才是你肉体与灵魂行动一致的时候；朋友们，我们多长一岁年纪往往只是加重我们头上的枷，加紧我们脚胫上的链，我们见小孩子在草里在沙堆里在浅水里打滚作乐，或是看见小猫追他自己的尾巴，何尝没有羡慕的时候，但我们的枷，我们的链永远是制定我们行动的上司！所以只有你单身奔赴大自然的怀抱时，像一个裸体的小孩扑入他母亲的怀抱时，你才知道灵魂的愉快是怎样的，单是活着的快乐是怎样的，单就呼吸单就走道单就张眼看耸耳听的幸福是怎样的。因此你得严格的为己，极端的自私，只许你，体魄与性灵，与自然同在一个脉搏里跳动，同在一个音波里起伏，同在一个神奇的宇宙里自得。我们浑朴的天真是像含羞草似的娇柔，一经同伴的抵触，他就卷了起来，但在澄静的日光下，和风中，他的姿态是自然的，他的生活是无阻碍的。

你一个人漫游的时候，你就会在青草里坐地仰卧，甚至有时打滚，因为草的和暖的颜色自然的唤起你童稚的活泼；在静僻的道上你就会不自主的狂舞，看着你自己的身影幻出种种诡异的变相，因为道旁树木的阴影在他们纤徐的婆娑里暗示你舞蹈的快乐；你也会得信口的歌唱，偶尔记起断片的音调，与你自己随口的小曲，因为树林中的莺燕告诉你春光是应得赞美的；更不必说你的胸襟自然会跟着曼长的山径开拓，你的心地会看着澄蓝的天空静定，你的思想和着山壑间的水声，山罅里的泉响，有时一澄到底的清澈，有时激起成章的波动，流，流，流入凉爽的橄榄林中，流入妩媚的阿诺河去……

并且你不但不须应伴，每逢这样的游行，你也不必带书。书是理想的伴侣，但你应得带书，是在火车上，在你住处的客室里，不是在你独身漫步的时候。什么伟大的深沉的鼓舞的清明的优美的思想的根源不是可以在风籁中，云彩里，山势与地形的起伏里，花草的颜色与香息里寻得？自然是最伟大的一部书，葛德说，在他每一页的字句里我们读得最深奥的消息。并且这书上的文字是人人懂得的；阿尔帕斯与五老

峰，雪西里与普陀山，莱因河与扬子江，梨梦湖与西子湖，建兰与琼花，杭州西溪的芦雪与威尼市夕照的红潮，百灵与夜莺，更不提一般黄的黄麦，一般紫的紫藤，一般青的青草同在大地上生长，同在和风中波动——他们应用的符号是永远一致的，他们的意义是永远明显的，只要你自己心灵上不长疮瘢，眼不盲，耳不塞，这无形迹的最高等教育便永远是你的名分，这不取费的最珍贵的补剂便永远供你的受用；只要你认识了这一部书，你在这世界上寂寞时便不寂寞，穷困时不穷困，苦恼时有安慰，挫折时有鼓励，软弱时有督责，迷失时有南针。

十四年七月

吸烟与文化

一

牛津是世界上名声压得倒人的一个学府。牛津的秘密是它的导师制。导师的秘密，按利卡克教授说，是"对准了他的徒弟们抽烟"。真的，在牛津或康桥地方要找一个不吸烟的学生是很费事的——先生更不用提。学会抽烟，学会沙发上古怪的坐法，学会半吞半吐的谈话——大学教育就够格儿了。"牛津人""康桥人"：还不彀中吗？我如其有钱办学堂的话，利卡克说，第一件事情我要做的是造一间吸烟室，其次造宿舍，再次造图书室；真要到了有钱没地方花的时候再来造课堂。

二

怪不得有人就会说，原来英国学生就会吃烟，就会懒惰。臭绅士的架子！臭架子的绅士！难怪我们这年头背心上刺刺的老不舒服，原来我们中间也来了几个叫土巴菰烟臭熏出来

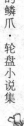

巴黎的鳞爪·轮盘小说集

的破绅士!

这年头说话得谨慎些。提起英国就犯嫌疑。贵族主义! 帝国主义! 走狗! 挖个坑埋了他!

实际上事情可不这么简单。侵略,压迫,该咒是一件事,别的事情可不跟着走。至少我们得承认英国,就它本身说,是一个站得住的国家,英国人是有出息的民族。它的是有组织的生活,它的是有活气的文化。我们也得承认牛津或是康桥至少是一个十分可羡慕的学府,它们是英国文化生活的娘胎。多少伟大的政治家,学者,诗人,艺术家,科学家,是这两个学府的产儿——烟味儿给熏出来的。

三

利卡克的话不完全是俏皮话。"抽烟主义"是值得研究的。但吸烟室究竟是怎么一回事? 烟斗里如何抽得出文化真髓来? 对准了学生抽烟怎样是英国教育的秘密? 利卡克先生没有描写牛津,康桥生活的真相;他只这么说,他不曾说出一个所以然来。许有人愿意听听的,我想。我也叫名在英国念过两年书。大部分的时间在康桥。但严格的说,我还是不够资格的。我当初并不是像我的朋友温源宁先生似的出了大金镑正式去请教薰烟的;我只是个,比方说,烤小半熟的白薯,离着焦味儿透香还正远哪。但我在康桥的日子可真是享福,深怕这辈子再也得不到那样蜜甜的机会了。我不敢说康桥给了我多少学问或是教会了我什么。我不敢说受了康桥的洗礼,一个人就会变气息,脱凡胎。我敢说的只是——就我个人说,我的眼是康桥教我睁的，我的求知欲是康桥给我拨动的，我的自我的意识是康桥给我胚胎的。我在美国有整两年，在英国也算是整两年。在美国我忙的是上课，听讲，写考卷，啃橡皮糖，看电影，赌咒，在康桥我忙的是散步，划船，骑自转车，抽烟，闲谈，吃五点钟茶，牛油烤饼，看闲书。如其我到美国的时候是一个不含糊的草包，我离开自由神的时候也还是那原封没有动；但如其我在美国时候不曾通窍，我在康桥的日子至少自己明白了原先只是一肚子颟顸。这分别不能算小。

　　我早想谈谈康桥，对它我有的是无限的柔情。但我又怕亵渎了它似的始终不曾出口。这年头！只要"贵族教育"一个无意识的口号就可以把牛顿、达尔文、米尔顿、拜伦、华茨华斯、阿诺尔德、纽门、罗刹蒂、格兰士顿等等所从来的母校一下抹煞。再说年来交通便利了，各式各种日新月异的教育原理教育新制翩翩的从各方向的外洋飞到中华，哪还容得厨房老过四百年墙壁上爬满骚胡髭一类藤萝的老书院一起来上讲坛？

四

　　但另换一个方向看去，我们也见到少数有见地的人再也看不过国内高等教育的混沌现象，想跳开了蹂烂的道儿，回头另寻新路走去。向外望去，现成有牛津、康桥青藤缭绕的学院招着你微笑；回头望去，五老峰下飞泉声中白鹿洞一类的书院瞅着你惆怅。这浪漫的思乡病跟着现代教育丑化的程

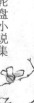

度在少数人的心中一天深似一天。这机械性、买卖性的教育够腻烦了，我们说。我们也要几间满沿着爬山虎的高雪克屋子来安息我们的灵性，我们说。我们也要一个绝对闲暇的环境好容我们的心智自由的发展去，我们说。

林玉堂先生在《现代评论》登过一篇文章谈他的教育的理想。新近任叔永先生与他的夫人陈衡哲女士也发表了他们的教育的理想。林先生的意思约莫记得是相仿效牛津一类学府，陈、任两位是要恢复书院制的精神。这两篇文章我认为是很重要的，尤其是陈、任两位的具体提议，但因为开倒车走回头路分明是不合时宜，他们几位的意思并不曾得到期望的回响。想来现在的学者们太忙了，寻饭吃的、做官的，当革命领袖的，谁都不得闲，谁都不愿闲，结果当然没有人来关心什么纯粹教育（不含任何动机的学问）或是人格教育。这是个可憾的现象。

我自己也是深感这浪漫的思乡病的一个；我只要

"草青人远，

一流冷涧……"

但我们这想望的境界有容我们达到的一天吗？

十五年一月十四日

我所知道的康桥

一

我这一生的周折，大都寻得出感情的线索。不论别的，单说求学。我到英国是为要从卢梭。罗素来中国时，我已经在美国。他那不确的死耗传到的时候，我真的出眼泪不够，还做悼诗来了。他没有死，我自然高兴。我摆脱了哥伦比亚大博士衔的引诱，买船漂过大西洋，想跟这位二十世纪的福禄泰尔认真念一点书去。谁知一到英国才知道事情变样了：一为他在战时主张和平，二为他离婚，卢梭叫康桥给除名了，他原来是 Trinity College 的 fellow，这来他的 fellowship 也给取消，他回英国后就在伦敦住下，夫妻两人卖文章过日子。因此我也不曾遂我从学的始愿。我在伦敦政治经济学院里混了半年，正感着闷想换路走的时候，我认识了狄更生先生。狄更生——Goldsworthy Lowes Dickinson——是一个有名的作者，他的《一个中国人通信》（Letters from john Chinaman）与《一个现代聚餐谈话》（A Modern Symposium）两本小册子早得了

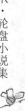

巴黎的鳞爪·轮盘小说集

我的景仰。我第一次会着他是在伦敦国际联盟协会席上，那天林宗孟先生演说，他做主席；第二次是宗孟寓里吃茶，有他。以后我常到他家里去。他看出我的烦闷，劝我到康桥去，他自己是王家学院（King's College）的 fellow。我就写信去问两个学院，回信都说学额早满了，随后还是狄更生先生替我去在他的学院里说好了，给我一个特别生的资格，随意选科听讲。从此黑方巾、黑披袍的风光也被我占着了。初起我在离康桥六英里的乡下叫沙士顿地方租了几间小屋住下，同居的有我从前的夫人张幼仪女士与郭虞裳君。每天一早我坐街车（有时自行车）上学，到晚回家。这样的生活过了一个春，但我在康桥还只是个陌生人谁都不认识，康桥的生活，可以说完全不曾尝着，我知道的只是一个图书馆，几个课室，和三两个吃便宜饭的茶食铺子。狄更生常在伦敦或是大陆上，所以也不常见他。那年的秋季我一个人回到康桥，整整有一学年，那时我才有机会接近真正的康桥生活，同时我也慢慢的"发见"了康桥。我不曾知道过更大的愉快。

二

"单独"是一个耐寻味的现象。我有时想它是任何发见的第一个条件。你要发见你的朋友的"真"，你得有与他单独的机会。你要发见你自己的真，你得给你自己一个单独的机会。你要发见一个地方（地方一样有灵性），你也得有单独玩的机会。我们这一辈子，认真说，能认识几个人？能认识几个地方？我们都是太匆忙，太没有单独的机会。说实话，我连我的本乡都没有什么了解。康桥我要算是有相当交情的，再次许只有新认识的翡冷翠了。啊，那些清晨，那些黄昏，我一个人发痴似的在康桥！绝对的单独。

但一个人要写他最心爱的对象，不论是人是地，是多么使他为难的一个工作？你怕，你怕描坏了它，你怕说过分了恼了它，你怕说太谨慎了辜负了它。我现在想写康桥，也正是这样的心理，我不曾写，我就知道这回是写不好的——况且又是临时逼出来的事情。但我却不能不写，上期预告已经出去了。我想勉强分两节写，一是我所知道的康桥的天然景色，一是我所知道的康桥的学生生活。我今晚只能极简的写些，等以后有兴会时再补。

三

康桥的灵性全在一条河上；康河，我敢说是全世界最秀丽的一条水。河的名字是葛兰大（Granta），也有叫康河（River Cam）的，许有上下流的区别，我不甚清楚。河身多的是曲折，上游是有名的拜伦潭——"Byron's Pool"——当年拜伦常在那里玩的；有一个老村子叫格兰骞斯德，有一个果子园，你可以躺在累累的桃李荫下吃茶，花果会掉入你的茶杯，小雀子会到你桌上来啄食，那真是别有一番天地。这是上游；下游是从骞斯德顿下去，河面展开，那是春夏间竞舟的场所。上下河分界处有一个坝筑，水流急得很，在星光下听水声，听近村晚钟声，听河畔倦牛刍草声，是我康桥经验中最神秘的上一种：大自然的优美、宁静，调谐在这星光与波光的默契中不期然的淹入了你的性灵。

但康河的精华是在它的中权，著名的"Backs"，这两岸是几个最蜚声的学院的建筑。从上面一来是 Pembroke，St.Katharine's，King's，Clare，Trinity，St.John's。最令人留连的一节是克莱亚与王家学院的毗连处，克莱亚的秀丽紧邻着王家教堂（King's Chapel）的宏伟。别的地方尽有更美更庄严的建筑，例如巴黎赛因河的罗浮宫一带，威尼斯的利阿尔多大桥的两岸，翡冷翠维基乌大桥的周遭；但康桥的"Backs"自有它的特长，这不容易用一二个状词来概括，它那脱尽尘埃气的一种清澈秀逸的意境可说是超出了画图而化生了音乐的神味。再没有比这一群建筑更调谐更匀称的了！论画，可比的许只有柯罗（Corot）的田野；论音乐，可比的许只有有班（Chopin）的夜曲。就这也不能给你依稀的印象，它给你的美感简直是神灵性的一种。

假如你站在王家学院桥边的那棵大槲树荫下眺望，右侧面，隔着一大方浅草坪，是我们的校友居（fellows building），那年代并不早，但它的妩媚也是不可掩的，它那苍白的石壁上春夏间满缀着艳色的蔷薇在和风中摇颤，更移左是那教堂，森林似的尖阁不可溯的永远直指着天空；更左是克莱亚，啊！那不可信的玲珑的方庭，谁说这不是圣克莱亚（St.Clare）的化身，那一块石上不闪耀着她当年圣洁的精神？在克莱亚后背隐约可辨的是康桥最潇贵最骄纵的三一学院（Trinity），它那临河的图书楼上坐镇着拜伦神采惊人的雕像。

但这时你的注意早已叫克莱亚的三环洞桥魔术似的摄住。你见过西湖白堤上的西泠断桥不是？（可怜它们早已叫代表近代丑恶精神的汽车公司给踩平了，现在它们跟着苍凉的雷峰永远离别了人间。）你忘不了那桥上斑驳的苍苔，木栅的古色，与那桥拱下泄露的湖光与山色不是？克莱亚并没有那样体面的衬托，它也不比庐山栖贤寺旁的观音桥，上瞰五老的奇峰，下临深潭与飞瀑；它只是怯怜怜的一座三环洞的小桥，它那桥洞间也只掩映着细纹的波鳞与婆娑的树影，它那桥上栉比的小穿兰与兰节顶上双双的白石球，也只是村姑子头上不夸张的香草与野花一类的装饰；但你凝神的看着，更凝神的看着，你再反省你的心境，看还有一丝屑的俗念沾滞不？只要你审美的本能不曾汩灭时，这是你的机会实现纯粹美感的神奇！

但你还得选你赏鉴的时辰。英国的天时与气候是走极端的。冬天是荒谬的坏，逢着连绵的雾盲天你一定不迟疑的甘愿进地狱本身去试试；春天（英国是几乎没有夏天的）是更荒谬的可爱，尤其是它那四五月间最渐缓最艳丽的黄昏，那才真是寸寸黄金。在康河边上过一个黄昏是一服灵魂的补剂。阿！我那时蜜甜的单独，那时蜜甜的闲暇。一晚又一晚的，只见我出神似的倚在桥栏上向西天凝望：

> 看一回凝静的桥影，
> 数一数螺钿的波纹：
> 我倚暖了石栏的青苔，
> 青苔凉透了我的心坎；
> ……

还有几句更笨重的怎能仿佛那游丝似轻妙的情景：

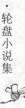

巴黎的鳞爪·轮盘小说集

难忘七月的黄昏，远树凝寂，
像墨泼的山形，衬出轻柔暝色
密稠稠，七分鹅黄，三分橘绿，
那妙意只可去秋梦边缘捕捉；
……

四

这河身的两岸都是四季常青最葱翠的草坪。从校友居楼上望去，对岸草场上，不论早晚，永远有十数匹黄牛与白马，胫蹄没在恣蔓的草丛中，纵容的在咬嚼，星星的黄花在风中动荡，应和着它们尾鬃的扫拂。桥的两端有斜倚的垂柳与橘荫护住。水是澈底的清澄，深不足四尺，匀匀的长着长条的水草。这岸边的草坪又是我的爱宠，在清朝，在傍晚，我常去这天然的织锦上坐地，有时读书，有时看水；有时仰卧着看天空的行云，有时反仆着搂抱大地的温软。

但河上的风流还不止两岸的秀丽。你买船去玩。船不止一种：有普通的双桨划船，有轻快的薄皮舟（canoe），有最别致的长形撑篙船（punt）。最末的一种是别处不常有的：约莫有二丈长，三尺宽，你站直在船梢上用长竿撑着走的。这撑是一种技术。我手脚太蠢，始终不曾学会。你初起手尝试时，容易把船身横住在河中，东颠西撞的狼狈。英国人是不轻易开口笑人的，但是小心他们不出声的皱眉！也不知有多少次河中本来优闲的秩序叫我这莽撞的外行给捣乱了。我真的始终不曾学会；每回我不服输跑去租船再试的时候，有一个白胡子的船家往往带讥讽的对我说："先生，这撑船费劲，天热累人，还是拿个薄皮舟溜溜吧！"我那里肯听话，长篙子一点就把船撑了开去，结果还是把河身一段段的腰斩了去。

你站在桥上去看人家撑，那多不费劲，多美！尤其在礼拜天有几个专家的女郎，穿一身缟素衣服，裙裾在风前悠悠的飘着，戴一顶宽边的薄纱帽，帽影在水草间颤动，你看她们出桥洞时的姿态，捻起一根竟像没有分量的长竿，只轻轻的，不经心的往波心里一点，身子微微的一蹲，这船身便波的转出了桥影，翠条鱼似的向前滑了去。她们那敏捷，那轻盈，真是值得歌咏的。

在初夏阳光渐暖时你去买一支小船，划去桥边荫下躺着念你的书或是做你的梦，槐花香在水面上飘浮，鱼群的唼喋声在你的耳边挑逗。或是在初秋的黄昏，近着新月的寒光，望上流僻静处远去。爱热闹的少年们携着他们的女友，在船沿上支着双双的东洋红纸灯，带着话匣子，船心里用软垫铺着，也开向无人迹处去享他们的野福——谁不爱听那水底翻的音乐在静定的河上描写梦意与春光！

住惯城市的人不易知道季候的变迁。看见叶子掉知道是秋，看见叶子绿知道是春；天冷了装炉子，天热了拆炉子；脱下棉袍，换上夹袍，脱下夹袍，穿上单袍：不过如此罢了。天上星斗的消息，地下泥土里的消息，空中风吹的消息，都不关我们的事。忙着哪，这样那样事情多着，谁耐烦管星星的移转，花草的消长，风云的变幻？同时我们抱怨我们的生活，苦痛、烦闷、拘束、枯燥，谁肯承认做人是快乐？谁不多少间咒诅人生？

但不满意的生活大都是由于自取的。我是一个生命的信仰者，我信生活决不是我们大多数人仅仅从自身经验推得的那样暗惨。我们的病根是在"忘本"。人是自然的产儿，就比枝头的花与鸟是自然的产儿；但我们不幸是文明人，入世深似一天，离自然远似一天。离开了泥土的花草，离开了水的鱼，能快活吗？能生存吗？从大自然，我们取得我们的生命；从大自然，我们应分取得我们继续的资养。那一株婆娑的大木没有盘错的根柢深入在无尽藏的地里？我们是永远不能独立的。有幸福是永远不离母亲抚育的孩子，有健康是永远接近自然的人们。不必一定与鹿豕游，不必一定回"洞府"去；为医治我们当前生活的枯窘，只要"不完全遗忘自然"一张轻淡的药方我们的病象就有缓和的希望。在青草里打几个滚，到海水里洗几次浴，到高处去看几次朝霞与晚照——你肩背上的负担就会轻松了去的。

这是极肤浅的道理，当然。但我要没有过过康桥的日子，我就不会有这样的自信。我这一辈子就只那一春，说也可怜，算是不曾虚度。就只那一春，我的生活是自然的，是真愉快的！（虽则碰巧那也是我最感受人生痛苦的时期）。我那时有的是闲暇，有的是自由，有的是绝对单独的机会。说也奇怪，竟像是第一次，我辨认了星月的光明，草的青，花的香，流水的殷勤我能忘记那初春的睥睨吗？曾经有多少个清晨我独自冒着冷去薄霜铺地的林子里闲步——为听鸟语，为盼朝阳，为寻泥土里渐次苏醒的花草，为体会最微细最神妙的春信。啊，那是新来的画眉在那边凋不尽的青枝上试它的新声！啊，这是第一朵小雪球花挣出了半冻的地面！啊，这不是新来的潮润沾上了寂寞的柳条？

静极了，这朝来水溶溶的大道，只远处牛奶车的铃声，点缀这周遭的沉默。顺着这大道走去，走到尽头，再转入林子里的小径，往烟雾浓密处走去，头顶是交枝的榆荫，透露着漠楞楞的曙色；再往前走去，走尽这林子，当前是平坦的原野，望见村舍，初青的麦田，更远三两个镘形的小山掩住了一条通道。天边是雾茫茫的，尖尖的黑影是近村的教寺。听，那晓钟和缓的清音。这一带是此帮中部的平原，地形像是海里的轻波，默沉沉的起伏；山岭是望不见的，有的是常青的草原与沃腴的田壤。登那土阜上望去，康桥只是一带茂林，拥戴着几处婷婷的尖阁。妩媚的康河也望不见踪迹，你只能循着那锦带似的林木想像那一流清浅。村舍与树林是这地盘上的棋子，有村舍处有佳音，有佳荫处有村舍。这早起是看炊烟的时辰：朝雾渐渐的升起，揭开了这灰苍苍的天幕（最好是微霰后的光景），远近的炊烟，成丝的，成缕的，成卷的，轻快的，迟重的，浓灰的，淡青的，惨白的，在静定的朝气里渐渐的上腾，渐渐的不见，仿佛是朝来人们的祈祷，参差的翳入了天听。朝阳是难得见的，这初春的天气。但它来时是起早人莫大的愉快。（顷刻间这田野添深了颜色，一层轻纱似的金粉掺上了这草，这树，这通道，这庄舍。）顷刻间这周遭弥漫了清晨富丽的温柔。顷刻间你的心怀也分润了白天诞生的光荣。"春"！这胜利的晴空仿佛在你的耳边私语。"春"！你那快活的灵魂也仿佛在那里回响。

　　伺候着河上的风光，这春来一天有一天的消息。关心石上的苔痕，关心败草里的花鲜，关心这水流的缓急，关心水

巴黎的鳞爪·轮盘小说集

草的滋长，关心天上的云霞，关心新来的鸟语。怯怜怜的小雪球是探春信的小使。铃兰与香草是欢喜的初声。窈窕的莲馨，玲珑的石水仙，爱热闹的克罗克斯，耐辛苦的蒲公英与雏菊——这时候春光已是烂缦在人间，更不须殷勤问讯。

瑰丽的春放。这是你野游的时期。可爱的路政，这里不比中国，那一处不是坦荡荡的大道？徒步是一个愉快，但骑自转车是一个更大的愉快，在康桥骑车是普遍的技术；妇人，稚子，老翁，一致享受这双轮舞的快乐。（在康桥听说自转车是不怕人偷的，就为人人都自己有车，没人要偷。）任你选一个方向，任你上一条通道，顺着这带草味的和风，放轮远去，保管你这半天的逍遥是你性灵的补剂。这道上有的是清荫与美草，随地都可以供你休憩。你如爱花，这里多的是锦绣似的草原。你如爱鸟，这里多的是巧啭的鸣禽。你如爱儿童，这乡间到处是可亲的稚子。你如爱人情，这里的是不嫌远客的乡人，你到处可以"挂单"借宿，有酪浆与嫩薯供你饱餐，有夺目的果鲜恣你尝新。你如爱酒，这乡间每"望"都为你储有上好的新酿，黑啤如太浓，苹果酒、蕃酒都是供你解渴润肺的。……带一卷书，走十里路，选一块清静地，看天，听鸟，读书，倦了时，和身在草绵绵处寻梦去——你能想像更适情更适性的消遣吗？

陆放翁有一联诗句："传呼快马迎新月，却上轻舆趁晚凉"。这是做地方官的风流。我在康桥时虽没马骑，没轿子坐，却也有我的风流：我常常在夕阳西晒时骑了车迎着天边扁大的日头直追。日头是追不到的，我没有夸父的荒诞，但晚景的温存却被我这样偷尝了不少。有三两幅画图似的经验至今还是栩栩的留着。只说看夕阳，我们平常只知道登山或是临海，但实际只须耳阔的天际，平地上的晚霞有时也是一样的神奇。有一次我赶到一个地方，手把着一家村庄的篱笆，隔着一大田的麦浪，看西天的变幻。有一次是正冲着一条宽广的大道，过来一大群羊，放草归来的，偌大的太阳在它们后背放射着万缕的金辉，天上却是乌青青的，剩这不可逼视的威光中的一条大路，一群生物，我心头顿时感着神异性的压迫，我真的跪下了，对着这冉冉渐翳的金光。再有一次是更不可忘的奇景，那是临着一大片望不到头的草原，满开着艳红的罂粟，在青草里亭亭像是万盏的金灯，阳光从褐色云斜着过来，幻成一种异样的紫色，透明似的不可逼视，刹那间在我迷眩了的视觉中，这草田变成了……不说也罢，说来你们也是不信的！

　　一别二年多了，康桥，谁知我这思乡的隐忧？也想不别的，我只要那晚钟撼动的黄昏，没遮拦的田野，独自斜倚在软草里，看第一个大星在天边出现！

十五年一月十五日

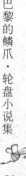

巴黎的鳞爪·轮盘小说集

拜伦

荡荡万斛船，影若扬白虹；

自非风动天，莫置大水中。

——杜甫

今天早上，我的书桌上散放着一垒书，我伸手提起一枝毛笔蘸饱了墨水正想下笔写的时候，一个朋友走进屋子来，打断了我的思路。"你想做什么？"他说。"还债，"我说，"一辈子只是还不清的债，开销了这一个，那一个又来，像长安街上要饭的一样，你一开头就糟。这一次是为他，"我手点着一本书里 Westll 画的拜伦像（原本现在伦敦肖像画院）。"为谁，拜伦！"那位朋友的口音里夹杂了一些鄙夷的鼻音。"不仅做文章，还想替他开会哪，"我跟着说。"哼，真有工夫，又是戴东原那一套。"——那位先生发议论了——"忙着替死鬼开会演说追悼，哼！我们自己的祖祖宗宗的生忌死忌，春祭秋祭，先就忙不开，还来管姓呆姓摆的出世去世；中国鬼也就够受，还来张罗洋鬼！那国什么党的爸爸死了，北京也听见悲声，上海广东也听见哀声；书呆子的退伍总统死了，又来一个同声一哭。二百年前的戴东原还不是一个一头黄毛一身奶臭一把鼻涕一把尿的娃娃，与我们什么相干，又用得着我们的正颜厉色开大会做论文！现在真是愈出愈奇了，什么，连拜伦也得利益均沾，又不是疯了，你们无事忙的文学先生们！谁是拜伦？一个滥笔头的诗人，一个宗教家说的罪人，一个花花公子，一个贵族。就使追悼会纪念会是现代的时髦，你也得想想受追悼的配不配，也得想想跟你们所谓时代精神合式不合式，拜伦是贵族，你们贵国是一等的民主共和国，那里有贵族的位置？拜伦又没有发明什么苏维埃，又没有做过世界和平的大梦，更没有用科学方法整理过国故，他只是一个拐腿的纨绔诗人，一百年前也许出过他的风头，现在埋在英国纽斯推德（Newstead）的贵首头都早烂透了，为他也来开纪念会，哼，他配！讲到拜伦的诗你们也许与苏和尚的脾味合得上，看得出好处，这是你们的福气——要我看他的诗也不见得比他的骨头活得了多少。并且小心，拜伦到是条好汉，他就恨盲目的崇拜，回头你们东抄西剿的忙着做文章想是讨好他，小心他的鬼魂到你梦里来大声的骂你一顿！"

那位先生大发牢骚的时候，我已经抽了半枝的烟，眼看着缭绕的氤氲，耐心的挨他的骂，方才想好赞美拜伦的文章也早已变成了烟丝飞散：我呆呆的靠在椅背上出神了——

拜伦是真死了不是？全朽了不是？真没有价值，真不该替他揄扬传布不是？

眼前扯起了一重重的雾幔，灰色的，紫色的，最后呈现了一个惊人的造像。最纯粹，光净的白石雕成的一个人头，供在一架五尺高的檀木几上，放射出异样的光辉，像是阿博洛，给人类光明的大神，凡人从没有这样庄严的"天庭"，这样不可侵犯的眉宇，这样的头颅，但是不，不是阿博洛，他没有那样骄傲的锋芒的大眼，像是阿尔帕斯山南的蓝天，像是威尼市的落日，无限的高远，无比的壮丽，人间的万花镜的展览反映在他的圆睛中，只是一层鄙夷的薄翳；阿博洛也没有那样美丽的发卷，像紫葡萄似的一穗穗贴在花岗石的墙边；他也没有那样不可信的口唇，小爱神背上的小弓也比不上他的精致，口角边微露着厌世的表情，像是蛇身上的文彩，你明知是恶毒的，但你不能否认他的艳丽；给我们弦琴与长笛的大神也没有那样圆整的鼻孔，使我们想像他的生命的剧烈与伟大，像是大火山的决口……

不，他不是神，他是凡人，比神更可怕更可爱的凡人；他生前在红尘的狂涛中沐浴，洗涤他的遍体的斑点，最后他踏脚在浪花的顶尖，在阳光中呈露他的无瑕的肌肤，他的骄傲，他的力量，他的壮丽，是天上瑳奕司与玖必德的忧愁。

他是一个美丽的恶魔，一个光荣的叛儿。

一片水晶似的柔波，像一面晶莹的明镜，照出白头的"少女"，闪亮的"黄金篦"，"快乐的阿翁"。此地更没有海潮的啸响，只有草虫的讴歌，醉人的树色与花香，与温柔的水声，小妹子的私语似的，在湖边吞咽。山上有急湍，有冰河，有幔天的松林，有奇伟的石景。瀑布像是疯癫的恋人，在荆棘丛中跳跃，从巉岩上滚坠，在磊石间震碎，激起无量数的珠子，圆的，长的，乳白的，透明的，阳光斜落在急流的中腰，幻成五彩的虹纹。这急湍的顶上是一座突出的危崖，像一个猛兽的头颅，两旁幽邃的松林，像是一颈的长鬣，一阵阵的瀑雷，像是他的吼声。在这绝壁的边沿站着一个丈夫，一个不凡的男子，怪石一般的峥嵘，朝旭一般的美丽，劲瀑似的桀骜，松林似的忧郁。他站着，交抱着手臂，翻起一双大眼，凝视着无极的青天，三个阿尔帕斯的鸷鹰在他的头顶不息的盘旋；水声，松涛的呜咽，牧羊人的笛声，前峰的崩雪声——他凝神的听着。

只要一滑足，只要一纵身，他想，这躯壳便崩雪似的坠入深潭，粉碎在美丽的水花中，这些大自然的谐音便是赞美他寂灭的丧钟。他是一个骄子：人间踏烂的蹊径不是为他准备的，也不是人间的镣链可以锁住他的鸷鸟的翅羽。他曾经丈量过巴南苏斯的群峰，曾经搏斗过海理士彭德海峡的凶涛，曾经在马拉松放歌，曾经在爱琴海边狂啸，曾经践踏过滑铁卢的泥土，这里面埋着一个败灭的帝国。他曾经实现过西撒凯旋时的光荣，丹桂笼住他的发卷，玫瑰承住他的脚踪，但他也免不了他的滑铁卢；运命是不可测的恐怖，征服的背后隐着僇辱的狞笑，御座的周遭显现了狴犴的幻景；现在他的遍体的斑痕，都是诽毁的箭镞，不更是繁花的装缀，虽则在他的无瑕的体肤上一样的不曾停留些微污损。……太阳也有他的淹没的时候，但是谁能忘记他临照时的光焰？

"What is life, what is death, and what are we.
That when the ship sinks, we no longer may be."

· 43 ·

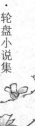

虬那（Juno）发怒了。天变了颜色，湖面也变了颜色。四周的山峰都披上了黑雾的袍服，吐出迅捷的火舌，摇动着，仿佛是相互的示威，雷声像猛兽似的在山坳里咆哮，跳荡，石卵似的雨块，随着风势打击着一湖的磷光，这时候（一八一六年，六月，十五日）仿佛是爱俪儿（Ariel）的精灵耸身在绞绕的云中，默唪着咒语，眼看着——

      Jove's lightnings, the precursors
O' the dreadful thunder-claps…
      The fire, and cracks
Of sulphurous roaring, the most mighty Neptune
      Seem'd to besiege, and make his bold waves tremble,
Yea his dread tridents shake.

                        （Tempest）

在这大风涛中，在湖的东岸，龙河（Rhone）合流的附近，在小屿与白沫间，飘浮着一只疲乏的小舟，扯烂的布帆，破碎的尾舵，冲挡着巨浪的打击，舟了只是着忙的祷告。乘客也失去了镇定，都已脱卸了外衣，准备与涛澜搏斗。这正是卢骚的故乡，那小舟的历险处又恰巧是玖荔亚与圣潘罗（Julia and St.Preux）遇难的名迹。舟中人有一个美貌的少年是不会泅水的，但他却从不介意他自己的骸骨的安全，他那时满心的忧虑，只怕是船翻时连累他的友人为他冒险，因为他的友人是最不怕险恶的，厄难只是他的雄心的激刺，他曾经狎侮爱琴海与地中海的怒涛，何况这有限的梨梦湖中的掀动，他交叉着手，静看着萨福埃（Savoy）的雪峰，在云罅里隐现。这是历史上一个希有的奇逢，在近代革命精神的始祖神感的胜处，在天地震怒的俄顷，载在同一的舟中，一对共患难的，伟大的诗魂，一对美丽的恶魔，一对光荣的叛儿！

　　他站在梅锁朗奇（Mesolonghi）的滩边（一八二四年，一月，四至二十二日）。海水在夕阳光里起伏，周遭静瑟瑟的莫有人迹，只有连绵的砂碛，几处卑陋的草屋，古庙宇残圮的遗迹，三两株灰苍色的柱廊，天空飞舞着几只阔翅的海鸥，一片荒凉的暮景。他站在滩边，默想古希腊的荣华，雅典的文章，斯巴达的雄武，晚霞的颜色二千年来不曾消灭，但自由的鬼魂究不曾在海砂上留存些微痕迹……他独自的站着，默想他自己的身世，三十六年的光阴已在时间的灰烬中埋着，爱与憎，得志与屈辱，盛名与怨诅，志愿与罪恶，故乡与知友，威尼市的流水，罗马古剧场的夜色，阿尔帕斯的白雪，大自然的美景与恚怒，反叛的磨折与尊荣，自由的实现与梦境的消残……他看着海砂上映着的曼长的身形，凉风拂动着他的衣裾——寂寞的天地间的一个寂寞的伴侣——他的灵魂中不由的激起了一阵感慨的狂潮，他把手掌埋没了头面。此时日轮已经翳隐，天上星先后的显现，在这美丽的暝色中，流动着诗人的吟声，像是松风，像是海涛，像是蓝奥孔苦痛的呼声，像是海伦娜岛上绝望的吁叹——

This time this heart should be unmoved,

　　Since others it hath ceased to move ;

Yet，though I cannot be beloved，

Still let me love !

My days are in the yellow leaf ;

　　The flowers and fruits of love are gone ;

The worm, the canker, and the grief ;

　　Are mine alone !

The fire that on my bosom preys

　　As lone as some volcanic isle

No torch is kindled at its blaze——

　　A funeral pile !

The hope, the fear, the jealous care,

　　The exalted portion of the pain

And power of love, I cannot share,

　　But wear the chain.

But ' tis not thus——and ' tis not here——

　　Such thoughts should shake my soul, nor now.

Where glory decks the hero' s bier

　　Or binds his brow.

The sword, the banner, and the field,

　　Glory and Grace, around me see !

The Spartan, born upon his shield,

Was not more free.

Awake！（not Greece——she is awake！）
    Awake，my spirit！ Think through whom
The life—blood tracks its parent lake，
    And then strike home！

Tread those reviving passions down；
    Unworthy manhood！ ——unto thee
Indifferent should the smile or frown
    Of beauty be.

If thou regret'st thy youth，why live；
    The land of honorable death
Is here：——up to the field，and give
    Away thy breath！

Seek out——less sought than found——
    A dier's grave for thee the best；
Then look around，and choose thy ground，
    And take thy rest.

年岁已经僵化我的柔心，
    我再不能感召他人的同情；
但我虽则不敢想望恋与悯，

巴黎的鳞爪·轮盘小说集

我不愿无情！

往日已随黄叶枯萎，飘零；
　　恋情的花与果更不留踪影，
只剩有腐土与虫与怆心，
　　长伴前途的光阴！

烧不尽的烈焰在我的胸前，
　　孤独的，像一个喷火的荒岛；
更有谁凭吊，更有谁怜——
　　一堆残骸的焚烧！

希冀，恐惧，灵魂的忧焦，
　　恋爱的灵感与苦痛与蜜甜，
我再不能尝味，再不能自傲——
　　我投入了监牢！

但此地是古英雄的乡国，
　　白云中有不朽的灵光，
我不当怨艾，惆怅，为什么
　　这无端的凄惶？

希腊与荣光，军旗与剑器，
　　古战场的尘埃，在我的周遭，
古勇士也应慕羡我的际遇，

此地，今朝！

苏醒！不是希腊——她早已惊起！
　　苏醒，我的灵魂！问谁是你的
血液的泉源，休辜负这时机，
　　鼓舞你的勇气！

丈夫！休教已往的沾恋
　　梦魇似的压迫你的心胸，
美妇人的笑与孼的婉恋，
　　更不当容宠！

再休眷念你的消失的青年，
　　此地是健儿殉身的乡土，
听否战场的军鼓，向前，
　　毁灭你的体肤！

只求一个战士的墓窟，
　　收束你的生命，你的光阴；
去选择你的归宿的地域，
　　自此安宁。

　　他念完了诗句，只觉得遍体的狂热，壅住了呼吸，他就把外衣脱下，走入水中，向着浪头的白沫里纵身一窜，像一只海豹似的，鼓动着鳍脚，在铁青色的水波里泳了出去……

冲锋，冲锋，跟我来!

冲锋，冲锋，跟我来! 这不是早一百年拜伦在希腊梅锁龙奇临死前昏迷时说的话? 那时他的热血已经让冷血的医生给放完了，但是他的争自由的旗帜却还是紧紧的擎在他的手里……

再迟八年，一位八十二岁的老翁也在他的解脱前，喊一声，"Mere light!"

"不够光亮!""冲锋，冲锋，跟我来!"

火热的烟灰吊在我的手背上，惊醒了我的出神，我正想开口答复那位朋友的讥讽，谁知道睁眼看时，他早溜了!

十四年四月二日

罗曼·罗兰

　　罗曼·罗兰（Romain Rolland），这个美丽的音乐的名字，究竟代表些什么？他为什么值得国际的敬仰，他的生日为什么值得国际的庆祝？他的名字，在我们多少知道他的几个人的心里，引起些个什么？他是否值得我们已经认识他思想与景仰他人格的更亲切的认识他，更亲切的景仰他；从不曾接近他的赶快从他的作品里去接近他？

　　一个伟大的作者如罗曼·罗兰或托尔斯泰，正是一条大河，它那波澜，它那曲折，它那气象，随处不同，我们不能划出它的一湾一角来代表它那全流。我们有幸福在书本上结识他们的正比是尼罗河或扬子江沿岸的泥坷，各按我们的受量分沾他们的润泽的恩惠罢了。说起这两位作者——托尔斯泰与罗曼·罗兰，他们灵感的泉源是同一的，他们的使命是同一的，他们在精神上有相互的默契（详后），仿佛上天从不教他的灵光在世上完全灭迹，所以在这普遍的混沌与黑暗的世界内往往有这类禀承灵智的大天才在我们中间指点迷途，

巴黎的鳞爪·轮盘小说集

启示光明。但他们也自有他们不同的地方；如其我们还是引申上面这个比喻，托尔斯泰、罗曼·罗兰的前人，就更像是尼罗河的流域，它那两岸是浩瀚的沙碛，古埃及的墓宫，三角金字塔的映影，高矗的棕榈类的林木，间或有帐幕的游行队，天顶永远有异样的明星；罗曼·罗兰、托尔斯泰的后人，像是扬子江的流域，更近人间，更近人情的大河，它那两岸是青绿的桑麻，是连枅的房屋，在波鳞里泅着的是鱼是虾，不是长牙齿的鳄鱼，岸边听得见的也不是神秘的驼铃，是随熟的鸡犬声。这也许是斯拉夫与拉丁民族各有的异禀，在这两位大师的身上得到更集中的表现，但他们润泽这苦旱的人间的使命是一致的。

十五年前一个下午，在巴黎的大街上，有一个穿马路的叫汽车给碰了，差一点没有死。他就是罗曼·罗兰。那天他要是死了，巴黎也不会怎样的注意，至多报纸上本地新闻栏里登一条小字："汽车肇祸，撞死一个走路的，叫罗曼·罗兰，年四十五岁，在大学里当过音乐史教授，曾经办过一种不出名的杂志叫 Cahiers de la Quinzaine 的。"

但罗兰不死，他不能死；他还得完成他分定的使命。在欧战爆裂的那一年，罗兰的天才，五十年来在无名的黑暗里埋着的，忽然取得了普遍的认识。从此他不仅是全欧心智与精神的领袖，他也是全世界一个灵感的泉源。他的声音仿佛是最高峰上的崩雪，回响在远近的万壑间。五年的大战毁了无数的生命与文化的成绩，但毁不了的是人类几个基本的信念与理想，在这无形的精神价值的战场上，罗兰永远是一个不仆的英雄。对着在恶斗的旋涡里挣扎着的全欧，罗兰喊一声彼此是弟兄放手！对着蜘网似密布，疫疠似蔓延的怨恨，仇毒，虚妄，疯癫，罗兰集中他孤独的理智与情感的力量作战。对着普遍破坏的现象，罗兰伸出他单独的臂膀开始组织人道的势力。对着叫褊浅的国家主义与恶毒的报复本能迷惑住的智识阶级，他大声的唤醒他们应负的责任，要他们恢复思想的独立，救济盲目的群众。"在战场的空中"——"Above the Battle Field"——不是在战场上，在各民族共同的天空，不是在一国的领土内，我们听得罗兰的大声，也就是人道的呼声，像一阵光明的骤雨，激斗着地面上互杀的烈焰。罗兰的作战是有结果的，他联合了国际间自由的心灵，替未来的和平筑一层有力的基础。这是他自己的话；

"我们从战争得到一个付重价的利益，它替我们联合了各民族中不甘受流行的种族怨毒支配的心灵。这次的教训益发激励他们的精力，强固他们的意志。谁说人类友爱是一个绝望的理想？我再不怀疑未来的全欧一致的结合。我们不久可以实现那精神的统一。这战争只是它的热血的洗礼。

这是罗兰，勇敢的人道的战士！当他全国的刀锋一致向着德人的时候，他敢说不，真正的敌人是你们自己心怀里的仇毒。当全欧破碎成不可收拾的断片时，他想象到人类更完美的精神的统一。友爱与同情，他相信，永远是打倒仇恨与怨毒的利器；他永远不怀疑他的理想是最后的胜利者。在他的前面有托尔斯泰与道施滔奄夫斯基（虽则思想的形式不同）他的同时有泰戈尔与甘地（他们的思想的形式也不同），他们的立场是在高山的顶上，他们的视域在时间上是历史的全部，在空间里是人类的全体，他们的声音是天空里的雷震，他们

巴黎的鳞爪·轮盘小说集

的赠与是精神的慰安。我们都是牢狱里的囚犯，镣铐压住的，铁栏锢住的，难得有一丝雪亮暖和的阳光照上我们黝黑的脸面，难得有喜雀过路的欢声清醒我们昏沉的头脑。"重浊"，罗兰开始他的《贝德花芬传》：

重浊是我们周围的空气。这世界是叫一种凝厚的污浊的秽息给闷住了……一种卑琐的物质压在我们的心里，压在我们的头上，叫所有民族与个人失却了自由工作的机会。我们会让掐住了转不过气来。来，让我们打开窗子好叫天空自由的空气进来，好叫我们呼吸古英雄们的呼吸。

打破我执的偏见来认识精神的统一；打破国界的偏见来认识人道的统一。这是罗兰与他同理想者的教训。解脱怨毒的束缚来实现思想的自由；反抗时代的压迫来恢复性灵的尊严。这是罗兰与他同理想者的教训。人生原是与苦俱来的；我们来做人的名分不是咒诅人生因为它给我们苦痛，我们正应在苦痛中学习，修养，觉悟，在苦痛中发现我们内蕴的宝藏，在苦痛中领会人生的真际。英雄，罗兰最崇拜如密亿朗其罗与贝德花芬一类人道的英雄，不是别的，只是伟大的耐苦者。那些不朽的艺术家，谁不曾在苦痛中实现生命，实现艺术，实现宗教，实现一切的奥义？自己是个深感苦痛者，他推致他的同情给世上所有的受苦者；在他这受苦，这耐苦，是一种伟大，比事业的伟大更深沉的伟大。他要寻求的是地面上感悲哀感孤独的灵魂。"人生是艰难的。谁不甘愿承受庸俗，他这辈子就是不断的奋斗。并且这往往是苦痛的奋斗，没有光彩没有幸福，独自在孤单与沉默中挣扎。穷困压着你，家累累着你，无意味的沉闷的工作消耗你的精力，没有欢欣，没有希冀，没有同伴，你在这黑暗的道上甚至连一个在不幸中伸手给你的骨肉的机会都没有。"这受苦的概念便是罗兰人生哲学的起点，在这上面他求筑起一座强固的人道的寓所，因此在他有名的传记里他用力传述先贤的苦难生涯，使我们憬悟至少在我们的苦痛里，我们不是孤独的，在我们切己的苦痛里隐藏着人道的消息与线索。"不快活的朋友们，不要过分的自伤，因为最伟大的人们也曾分尝你们的苦味。我们正应得跟着他们的努奋自勉。假如我们觉得软弱，让我们靠着他们喘息。他们有安慰给我们。从他们的精神里放射着精力与仁慈。即使我们不研究他们的作品，即使我们听不到他们的声音，单从他们面上的光彩，单从他们曾经生活过的事实里，我们应得感悟到生命最伟大，最生产——甚至最快乐——的时候是在受苦痛的时候。"

我们不知道罗曼·罗兰先生想象中的新中国是怎样的；我们不知道为什么他特别示意要听他的思想在新中国的回响。但如其他能知道新中国像我们自己知道它一样，他一定感觉与我们更密切的同情，更贴近的关系，也一定更急急的伸手给我们握着——因为你们知道，我也知道，什么是新中国只是新发见的深沉的悲哀与苦痛深深的盘伏在人生的底里！这也许是我个人新中国的解释；但如其有人拿一些时行的口号，什么打倒帝国主义等等，或是分裂与猜忌的现象，去报告罗兰先生说这是新中国，我再也不能预料他的感想了。

我已经没有时候与地位叙述罗兰的生平与著述；我只能匆匆的略说梗概。他是一个音乐的天才，在幼年音乐便是他的生命。他妈教他琴，在谐音的波动中他的童心便发见了不可言喻的快乐。莫察德与贝德花芬是他最早发现的英雄。所以在法国经受普鲁士战争爱国主义最高激的时候，这位年轻的圣人正在"敌人"的作品中尝味最高的艺术。他的自传里写着："我们家里有好多旧的德国音乐书。德国？我懂得那个字的意义？在我们这一带我相信德国人从没有人见过的。我翻着那一堆旧书，爬在琴上拼出一个个的音符。这些流动的乐音，谐调的细流，灌溉着我的童心，像雨水漫入泥土似的淹了进去。莫察德与贝德花芬的快乐与苦痛，想望的幻梦，渐渐的变成了我的肉的肉，我的骨的骨。我是它们，它们是我。要没有它们我怎过得了我的日子？我小时生病危殆的时候，莫察德的一个调子就像爱人似的贴近我的枕衾看着我。长大的时候，每回逢着怀疑与懊丧，贝德花芬的音乐又在我的心里拨旺了永久生命的火星。每回我精神疲倦了，或是心上有不如意事，我就找我的琴去，在音乐中洗净我的烦愁。"

要认识罗兰的不仅应得读他神光焕发的传记，还得读他十卷的 Jean Christophe，在这书里他描写他的音乐的经验。

他在学堂里结识了莎士比亚，发见了诗与戏剧的神奇。他的哲学的灵感，与葛德一样，是泛神主义的斯宾诺塞。他早年的朋友是近代法国三大诗人：克洛岱尔（Paul Claudel，法国驻日大使），Andre Suares，与 Charles Peguy（后来与他同办 Cahiers de la Quinzaine）。槐格纳是压倒一时的天才，也是罗兰与他少年朋友们的英雄。但在他个人更重要的一个影响是托尔斯泰。他早就读他的著作，十分的爱慕他，后来他念了他的《艺术论》，那只俄国的老象——用一个偷来的比喻——走进了艺术的花园里去，左一脚踩倒了一盆花，那是莎士比亚，右一脚又踩倒了一盆花，那是贝德花芬，这时候少年的罗曼·罗兰走到了他的思想的歧路了。莎氏、贝氏、托氏，同是他的英雄，但托氏愤愤的申斥莎、贝一流的作者，说他们的艺术都是要不得，不相干的，不是真的人道的艺术——他早年的自己也是要不得不相干的。在罗兰一个热烈的寻求真理者，这来就好似青天里一个霹雳；他再也忍不住他的疑虑。他写了一封信给托尔斯泰，陈述他的冲突的心理。他那年二十二岁。过了几个星期罗兰差不多把那信忘都忘了，一天忽然接到一封邮件：三十八满页写的一封长信，伟大的托尔斯泰的亲笔给这不知名的法国少年的！"亲爱的兄弟，"那六十老人称呼他，"我接到你的第一封信，我深深的受感在心。我念你的信，泪水在我的眼里。"下面说他艺术的见解：我们投入人生的动机不应是为艺术的爱，而应是为人类的爱。只有经受这样灵感的人才可以希望在他的一生实现一些值得一做的事业。这还是他的老话，但少年的罗兰受深彻感动的地方是在这一时代的圣人竟然这样恳切的同情他，安慰他，指示他，一个无名的异邦人。他那时的感奋我们可以约略想象。因此罗兰这几十年来每逢少年人写信给他，他没有不亲笔作复，用一样慈爱诚挚的心对待他的后辈。这来受他的灵感的少年人更不知多少了。这是一件含奖励性的事实。我们从可以知道凡是一件不勉强的善事就比如春天的薰风，它一路来散布着生命的种子，唤醒活泼的世界。

　　但罗兰那时离着成名的日子还远，虽则他从幼年起只是不懈的努力。他还得经尝身世的失望（他的结婚是不幸的，近三十年来他几于是完全隐士的生涯，他现在瑞士的鲁山，

巴黎的鳞爪·轮盘小说集

听说与他妹子同居），种种精神的苦痛，才能实受他的劳力的报酬——他的天才的认识与接受。他写了十二部长篇剧本，三部最著名的传记（密仡朗其罗，贝德花芬，托尔斯泰），十大篇 Jean Christophe，算是这时代里最重要的作品的一部，还有他与他的朋友办了十五年灰色的杂志，但他的名字还是在晦塞的灰堆里掩着——直到他将近五十岁那年，这世界方才开始惊讶他的异彩。贝德花芬有几句话，我想可以一样适用到一生劳悴不息的罗兰身上：

　　我没有朋友，我必得单独过活；但是我知道在我心
　灵的底里上帝是近着我，比别人更近。我走近他我心里
　不害怕，我一向认识他的。我从不着急我自己的音乐，
　那不是坏运所能颠仆的，谁要能懂得它，它就有力量使
　他解除磨折旁人的苦恼。

　　　　　　　　　　　　　　　　　　　十四年十月

58

达文赛的剪影

　　基乌凡尼鲍尔脱拉飞屋的日记　一四九四————一四九五

　　（这是一本小说里的一章。那小说是一个俄国人（Merejkowski）做的，叫作《达文赛的故事》（The Romance of Leonardo da Vinci）。鲍尔脱拉飞屋是达文赛的一个学徒，这一章是他学徒期内的日记。用不着说，达文赛是意大利复兴时期内顶大的一朵牡丹，它那香气到今天还不曾散尽。这日记当然不是真本，但达文赛伟大奥妙的天才至少在这几页内留下一个灵活的剪影。他的艺术谈是这几百年来艺术学生们枕中的秘宝，我们应得知道一些的。）

　　一四九四年，三月二十五日，那天我进了翡冷翠大画家雷那图达文赛先生的画室当一个学徒。

　　这是他教给我们的课程：透视学（Pefspective）；人体的分与量；临大画家的作品；写生画。

　　今天马各杜奇乌挐，我的一个同事，给了我一本书，写下的完全是老师说的话。书开头是这一节：

巴黎的鳞爪·轮盘小说集

"人的身体从太阳的光亮得到最纯粹的快乐；人的心灵，从数学清澈的照亮。因此透视学（这透视学包涵两件事情，一是灵动的线条的考量，那是眼看的舒服，一是数理的清明，那是心智的舒服。）在各种研究与学科中应分占着最高的地位。但愿说过'我是真的光亮'的他给我帮助，使我有法子理会这透视学，他的光亮的科学。这书我分成三部：第一，因距离故，事物形体的缩小；第二，色彩的明显度的减损；第三，轮廓清晰的减淡。"

老师像父亲似的看管着我。自从知道我穷，他再不肯收我原约定的月费。

老师说：

"等你们透视学有了把握，人体的分量心里有数以后，你们上街去就得用心留意人们的姿态与行动，看他们怎样站定，走动，谈天，吵闹；看他们怎样发笑，怎样打架；看他们有这些动作时面上的神情，看来劝散他们的旁人面上的神情；看站在一边冷眼看着的人们的神情。把你看到的全用铅笔记在你的颜色纸订成的袖珍册子里，这书随你到那儿都得带着。册子满了，再换一本；第一本摆开了，留着。保存原稿，不要损坏或是擦糊了它们：因为人体的动法是最变幻不尽的，单凭记忆是留不住的。你得把这些粗糙的底稿看作你们最好的先生。"

我也有了这样一册书。

今天在 P 街上，离大教堂不远，我见着我的伯父。他对我说他不认我了；他骂我到一个异教徒邪人的家里去毁灭我的灵魂。

每回我心里不高兴，只要对着他的脸看看就会轻松快活的。多奇怪他的一双眼：清，蓝，澹，冷——冰似的冷。声音，最可亲，软和极了。最凶暴、最顽固的人也抵抗不过他的温驯善诱。他坐在他的工作台上，心里盘算着什么，手捻着将着他的金色的髭须，又长又软的像是女孩子身上的丝绸。他跟谁说话的时候，他就微微眯着一只眼，有一种高兴和蔼的神情；他的目光，从浓厚荫盖的眉毛下照出来，直透你的灵魂。

他不喜欢鲜艳的颜色，不喜欢时新累赘的式样；他也不爱薰香。他的衣料是雷尼希的棉布，异样的整洁好看。他的黑绒便帽是素净的，不装羽毛，不加装饰。他的衣色是黑的；但他穿一件长过膝盖的深红色斗篷，直裥往下垂的，翡冷翠古式。他的行动是闲暇沉静的，但也引人注意。他跟谁都不一样。

弓弩都是他的擅长，会骑，会水，精通小剑斗术。今天我见他拿一个小钱丢中一个教堂最高的圆顶。雷那图先生，凭他手臂的玲巧与力量，谁都比不过他。

他是用左手的；但别看这左手，又瘦弱又软和像是女人的，他扳得弯铁条，扭得瘪大铜钟里的垂舌。

我正看着他，甲可布那孩子笑着跑来，拍着手。"蹩腿的来了，雷那图先生，怪物来了！你快到厨房里来。我给你找了这类宝贝来，你该乐得直舐你的手哪！"

"他们那儿来的？"

"一个庙门口找来的。贝加摩地方来的叫化！我答应了他们要是他们愿意给你画你有晚饭给他们吃。"

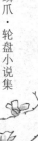

丢开了不曾画全的圣贞，雷那图就跑厨房去，我跟着。果然有两兄弟，年纪顶老，生水肿病的，脖子上挂着怪粗的大瘤。同来还有一个女的，是那一个的妻子，一个干瘪的小老皮囊，她的名字叫拉格尼娜（意思是小蜘蛛），倒正合式。

"你看，"甲可布得意的叫着，"我说你看了准乐！可不是就我知道你喜欢什么？"

雷那图靠近着这精怪似的蹩子坐下，吩咐要酒，亲手倒给他们喝，和气的问话，讲笑话给他们听让他们乐。初起他们看着不自在，心里怀着鬼胎，摸不清叫他们进来是什么意思。但是等到他们听他讲故事，讲一个死犹太，他的同伴们为要躲避波龙尼亚境内不准犹太人埋葬的法令，私下把他的尸体割成小块，上了盐，加了香料，运到威尼市去，叫一个翡冷翠去的耶教徒给吃了的一番话，那小蜘蛛笑得差一点涨破了肚子。一会儿三个人全喝得薰薰了，笑着说着，做出种种奇丑的鬼脸。我看得恶心扭过了头去；但雷那图看着他们兴趣浓极了；等他们的丑态到了穷极的时候，他掏出他的本子来临着描，正如他方才画圣贞的笑容，同样那欣欣然认真的神气。

到晚上他给我看一大集的滑稽画；各类的丑态，不仅是人的，畜生的也有——怕人的怪样子，像是病人热昏中见着的，人兽不分的，看了叫人打寒噤。一个箭猪的莲蓬嘴，硬毛攒耸耸的，下嘴唇往下宕着，又松又薄像是一块破布，露着两根杏仁形的长白牙，像人的狞笑；一个老妇人，鼻子扁塌的长着毛，肉痣般大小，口唇异样的厚，像是烂了的树干里长出来的那些肥胖发黏性的毒菌。

塞沙里（达文礜另一个学徒）对我说有时老师在路上见着什么丑怪，会整天的跟着看。伟大的奇丑，他说，与伟大的美是一样的希有；只有平庸是可以忽略的。

马各做事像牛一样的蠢，先生怎么说他非得怎么做不行；他愈用功愈不成功。他有的是非常的恒心。他以为只要耐心与劳力没有事做不成的；他一点也不疑惑他有画成名的一天。

在我们几个学徒里面，他最高兴老师的种种发明。有一天他带了他的小册子到一条十字街口去看热闹，按着老师的办法，把人堆里使他特别注意的脸子全给缩写记了下来。但到家的时候他再也不能把他的缩写翻成活人的脸相。他又想学雷那图用调羹量颜色，也是一样的失败。他画出来的影子又厚又不自然，人脸子都是呆木无意趣的。马各自以为他的失败是由于没有完全遵照老师的规则。塞沙里嘲笑他。

"这位独一的马各，"他说，"是殉科学的一个烈士。他给我们的教训是所有这些度量法与规则是完全没有用的。光知道孩子是怎样生法并不一定帮助你实际生孩子。雷那图欺他自己，也欺别人；他教的是一件事，他做的另是一件事。他动手画的时候他什么规则也不管，除了他自己的灵感；可是他还不愿意光做一个大美术家，他同时要做一个科学家。我怕他同时赶两个兔子结果竟许一个都赶不到。"

塞沙里这番嘲笑话不一定完全没有道理；但对师父的爱是没有的。雷那图也听他的话，夸奖他的聪明，从来不给他颜色看。

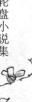

巴黎的鳞爪·轮盘小说集

我看着他画他的 Cenacolo（即《最后一次晚餐》，在米兰）有时一早太阳没有出，他就去修道院的饭堂工作，直画到黄昏的黑影子强迫他停止；他手里的画笔从不放下，吃喝他都记不得。有时他让几个星期过去，颜色都不碰。有时他站在绳架上，画壁前，一连好几个时辰，单是看着批评着他已经画得的。还有时候我见他在大暑天冲着街道上的恶热直跑到那庙里去；像是一个无形的力量逼着他；他到了就爬上架子去，涂上两笔或是三笔，跳下来转身就跑。

　　他正在工作使徒约翰的脸。今天他该得完功的。可是不，他耽在家里伴着甲可布那孩子，看苍蝇黄蜂虫子飞。他研究虫子的结构那认真的神气正比如人类的运命全在这上面放着。看出了虫子的后腿是一种橹的作用，他那快活就比如他发见了长生的秘密，这一点他看得极有用，他正造他那飞行机哪。可怜使徒约翰！今天又来了一个新岔子，苍蝇又不要了。老师正做着一个图案，又美又精致的，这是预备一个学院的门徽，其实这机关还在米兰公的脑子里且不成形哩。这图案是一个方块，上画着皇冠形的一球绳子，相互的纠着，没有头没有尾的。我再也忍不住，我就提醒他没画完的使徒。他耸耸他的肩膀，眼对着他的绳冠图案头也不抬的在牙缝中间说话："耐着！有的是时候！约翰的脑袋跑不了的！"

　　我这才开始懂得塞沙里的悻悻！

　　米兰公吩咐他在宫里造听筒，隐在壁内看不见的，仿制"达尼素斯的耳朵"。雷那图初起狠有劲，但现在冷了，推头这样那样的把事情搁了起来。米兰公催看他，等不耐烦了；

今早上几次来召进宫去，但是老师正忙着他的植物试验。他把南瓜的根割了去，只存了一根小芽，勤勤的拿水浇着。这本子居然没有枯，他得意极了。"这母亲，"他说，"养孩子养得不错。"六十个长方形的南瓜结成功了。

塞沙里说雷那图是一个最不了的落拓家。他写下了有二十本关于自然科学的书，但没有一本完全的，全是散叶子上的零碎札记；这五千多页的稿子他乱放着一点没有秩序，他要寻什么总是寻不着的。

走近我的小屋子来，他说："基乌凡尼，你注意过没有，这小屋子叫你的思想往深处走，大屋子叫它往宽处去？还有你注意过不曾在雨的阴影下看东西的形像比在阳光下看更清楚？"在使徒约翰的脸上做了两天工。但是，不成！这几天忙着玩苍蝇，南瓜，猫，达尼素斯的耳朵一类的结果，那一点灵感竟像跑了似的。他还是没有画成那脸子，这来他一腻烦，把颜色匣子一丢，又躲着玩他的几何去了。他说彩油的味儿叫他发呕，见着那画具就烦。这样一天天的过去；我们就像是一只船在海口里等着风信，靠傍的就只机会的无常，与上帝的意旨。还亏得他倒忘了他那飞机，否则我们准饿死。

什么东西在旁人看来已经是尽善尽美的，在他看来通体都是错。他要的是最高无上的，不可得的，人的力量永远够不到的。因此他的作品都没有做完全的。

安德利亚沙拉挛病倒了。老师调养着他，整夜伴着他，靠在他的枕边看护他；但是谁都不敢对他提吃药。马各不识趣的给买了一盒子药，可是叫雷那图找着了，拿起手就往窗

子外掷了出去。安德利亚自己想放血，讲起他认识有一个很好的医家；但老师很正当的发了气，用顶损的话骂所有的医牛。

"你该得当心的是保存，不是医治，你的健康；提防医生们。"他又加了一句话，"什么人都积钱来给医生们用——毁人命的医生们。"

十五年一月

济慈的《夜莺歌》

　　诗中有济慈（John Keats）的《夜莺歌》，与禽中有夜莺一样的神奇。除非你亲耳听过，你不容易相信树林里有一类发痴的鸟，天晚了才开口唱，在黑暗里倾吐她的妙乐，愈唱愈有劲，往往直唱到天亮，连真的心血都跟着歌声从他的血管里呕出；除非你亲自咀嚼过，你也不相信一个二十三岁的青年有一天早饭后坐在一株李树底下迅笔的写，不到三小时写成了一首八段八十行的长歌，这歌里的音乐与夜莺的歌声一样的不可理解，同是宇宙间一个奇迹，即使有哪一天大英帝国破裂成无可记认的断片时，《夜莺歌》依旧保有他无比的价值；万万里外的星亘古的亮着，树林里的夜莺到时候就来唱着，济慈的夜莺歌永远在人类的记忆里存着。

　　那年济慈住在伦敦的 Wentworth Place。百年前的伦敦与现在的英京大不相同，那时候"文明"的沾染比较的不深，所以华次华士站在威士明治德桥上，还可以放心的讴歌清晨的伦敦，还有福气在"无烟的空气"里呼吸，望出去也还看

得见"田地、小山、石头、一直开拓到天边"。那时候的人，我猜想，也一定比较的不野蛮，近人情，爱自然，所以白天听得着满天的云雀，夜里听得着夜莺的妙乐。要是济慈迟一百年出世，在夜莺绝迹了的伦敦里住着，他别的著作不敢说，这首夜莺歌至少，怕就不会成功，供人类无尽期的享受。说起真觉得可惨，在我们南方，古迹而兼是艺术品的，止淘成了西湖上一座孤单的雷峰塔，这千百年来雷峰塔的文学还不曾见面，雷峰塔的映影已经永别了波心！也许我们的灵性是麻皮做的，木屑做的，要不然这时代普遍的苦痛与烦恼的呼声还不是最富灵感的天然音乐；——但是我们的济慈在哪里？我们的《夜莺歌》在哪里？济慈有一次低低的自语——"I feel the flowers growing on me"。意思是"我觉得鲜花一朵朵的长上了我的身"，就是说他一想着了鲜花，他的本体就变成了鲜花，在草丛里掩映着，在阳光里闪亮着，在和风里一瓣瓣的无形的伸展着，在蜂蝶轻薄的口吻下羞晕着。这是想象力最纯粹的境界：孙猴子能七十二般变化，诗人的变化力更是不可限量——沙士比亚戏剧里至少有一百多个永远有生命的人物，男的女的、贵的贱的、伟大的、卑琐的、严肃的、滑稽的，还不是他自己摇身一变变出来的。济慈与雪莱最有这与自然谐合的变术；——雪莱制《云歌》时我们不知道雪莱变了云还是云变了雪莱；雪莱歌《西风》时不知道歌者是西风还是西风是歌者；颂《云雀》时不知道是诗人在九霄云端里唱着还是百灵鸟在字句里叫着；同样的济慈咏忧郁"Ode on Melancholy"时他自己就变了忧郁本体，"忽然从天上掉下来像一朵哭泣的云"；他赞美"秋""To Autumn"时他自己就是在树叶底下挂着的叶子中心那颗渐渐发长的核仁儿，或是在稻田里静偃着玫瑰色的秋阳！这样比称起来，如其赵松雪关紧房门伏在地下学马的故事可信时，那我们的艺术家就落粗蠢，不堪的"乡下人气味"！

他那《夜莺歌》是他一个哥哥死的那年做的，据他的朋友有名肖像画家 Robert Haydon 给 Miss Mitford 的信里说，他在没有写下以前早就起了腹稿，一天晚上他们俩在草地里散步时济慈低低的背诵给他听——"…in a low, tremulous undertone which affected me extremely."那年碰巧——据著《济慈传》的 Lord Houghton 说，在他屋子的邻近来了一只夜莺，每晚不倦的歌唱，他很快活，常常留意倾听，一直听得他心痛神醉逼着他从自己的口里复制了一套不朽的歌曲。我们要记得济慈二十五岁那年在意大利在他的一个朋友的怀抱里作古，他是，与他的夜莺一样，呕血死的！

能完全领略一首诗或是一篇戏曲，是一个精神的快乐，一个不期然的发现。这不是容易的事；要完全了解一个人的品性是十分难，要完全领会一首小诗也不得容易。我简直想说一半得靠你的缘分，我真有点儿迷信。就我自己说，文学本不是我的行业，我的有限的文学知识是"无师传授"的。裴德（WalterPater）是一天在路上碰着大雨到一家旧书铺去躲避无意中发现的，哥德（Goethe）——说来更怪了——是司蒂文孙（R.L.S.）介绍给我的，（在他的"Art of Writing"那书里称赞 George Henry Lewes 的《葛德评传》；Everyman edition 一块钱就可以买到一本黄金的书），柏拉图是一次在浴室里忽然想着要去拜访他的。雪莱是为他也离婚才去仔细请教他的，

巴黎的鳞爪·轮盘小说集

杜思退益夫斯基、托尔斯泰、丹农雪乌、波特莱耳、卢骚，这一班人也各有各的来法，反正都不是经由正宗的介绍：都是邂逅，不是约会。这次我到平大教书也是偶然的，我教着济慈的《夜莺歌》也是偶然的，乃至我现在动手写这一篇短文，更不是料得到的。友鸾再三要我写才鼓起我的兴来，我也很高兴写，因为看了我的乘兴的话，竟许有人不但发愿去读那《夜莺歌》，并且从此得到了一个亲口尝味最高级文学的门径，那我就得意极了。

但是叫我怎样讲法呢？在课堂里一头讲生字一头讲典故，多少有一个讲法，但是现在要我坐下来把这首整体的诗分成片段诠释它的意义，可真是一个难题！领略艺术与看山景一样，只要你地位站得适当，你这一望一眼便吸收了全景的精神；要你"远视"的看，不是近视的看；如其你捧住了树才能见树，那时即使你不惜工夫一株一株的审查过去，你还是看不到全林的景子。所以分析的看艺术，多少是杀风景的；综合的看法才对。所以我现在勉强讲这《夜莺歌》，我不敢说我能有什么心得的见解！我并没有！我只是在课堂里讲书的态度，按句按段的讲下去就是；至于整体的领悟还得靠你们自己，我是不能帮忙的。

你们没有听过夜莺先是一个困难。北京有没有我都不知道。下回萧友梅先生的音乐会要是有贝德花芬的第六个"沁芳南"（The Pastoral Symphony）时，你们可以去听听，那里面有夜莺的歌声。好吧，我们只要能同意听音乐——自然的或人为的——有时可以使我们听出神：譬如你晚上在山脚下独步时听着清越的笛声，远远的飞来，你即使不滴泪，你多少不免"神往"不是？或是在山中听泉乐，也可使你忘却俗景，想象神境。我们假定夜莺的歌声比我们白天听着的什么鸟都要好听；他初起像是龚云甫，嗓子发沙的，很懒的试他的新歌；顿上一顿，来了，有调了。可还不急，只是清脆悦耳，像是珠走玉盘（比喻是满不相干的）！慢慢的她动了情感，仿佛忽然想起了什么事情使他激成异常的愤慨似的，他这才真唱了，声音越来越亮，调门越来越新奇，情绪越来越热烈，韵味越来越深长，像是无限的欢畅，像是艳丽的怨慕，又像是变调的悲哀——直唱得你在旁倾听的人不自主的跟着她兴奋，伴着她心跳。你恨不得和着她狂歌，就差你的嗓子太粗太浊合不到一起！这是夜莺；这是济慈听着的夜莺，本来晚上万籁静定后声音的感动力就特强，何况夜莺那样不可类比的妙乐。

好了；你们先得想像你们自己也教音乐的沉醴浸醉了，四肢软绵绵的，心头痒荠荠的，说不出的一种浓味的馥郁的舒服，眼帘也是懒洋洋的挂不起来，心里满是流膏似的感想，辽远的回忆，甜美的惆怅，闪光的希冀，微笑的情调一齐兜上方寸灵台时——"in a low, tiemulous undertone"——开诵济慈的《夜莺歌》，那才对劲儿！

这不是清醒时的说话；这是半梦呓的私语：心里畅快的压迫太重了流出口来绻缱的细语——我们用散文译过他的意思来看，——

（一）

"这唱歌的，唱这样神妙的歌的，决不是一只平常的鸟；

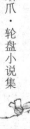

巴黎的鳞爪·轮盘小说集

她一定是一个树林里美丽的女神，有翅膀会得飞翔的。她真乐呀，你听独自在黑夜的树林里，在枝干交叉、浓荫如织的青林里，她畅快的开放她的歌调，赞美着初夏的美景，我在这里听她唱，听的时候已经很多，她还是恣情的唱着；啊，我真被她的歌声迷醉了，我不敢羡慕她的清福，但我却让她无边的欢畅催眠住了，我像是服了一剂麻药，或是喝尽了一剂鸦片汁，要不然为什么这睡昏昏思离离的像进了黑甜乡似的，我感觉着一种微倦的麻痹，我太快活了，这快感太尖锐了，竟使我心房隐隐的生痛了！"

（二）

"你还是不倦的唱着——在你的歌声里我听出了最香冽的美酒的味儿。啊，喝一杯陈年的真葡萄酿多痛快呀！那葡萄是长在暖和的南方的，普鲁罔斯那种地方，那边有的是幸福与欢乐，他们男的女的整天在宽阔的太阳光底下作乐，有的携着手跳春舞，有的弹着琴唱恋歌；再加那遍野的香草与各样的树馨——在这快乐的地土下他们有酒窖埋着美酒。现在酒味益发的澄静，香冽了。真美呀，真充满了南国的乡土精神的美酒，我要来引满一杯，这酒好比是希宝克林灵泉的泉水，在日光里滟滟发虹光的清泉，我拿一只古爵盛一个扑满。啊，看呀！这珍珠似的酒沫在这杯边上发瞬，这杯口也叫紫色的浓浆染一个鲜艳；你看看，我这一口就把这一大杯酒吞了下去——这才真醉了，我的神魂就脱离了躯壳，幽幽的辞别了世界，跟着你清唱的音响，像一个影子似淡淡的掩入了你那暗沉沉的林中。"

（三）

"想起这世界真叫人伤心。我是无沾恋的，巴不得有机会可以逃避，可以忘怀种种不如意的现象，不比你在青林茂荫里过无忧的生活，你不知道也无须过问我们这寒伧的世界，我们这里有的是热病、厌倦、烦恼，平常朋友们见面时只是愁颜相对，你听我的牢骚，我听你的哀怨；老年人耗尽了精力，听凭痹症摇落他们仅存的几茎可怜的白发；年轻人也是叫不如意事蚀空了，满脸的憔悴，消瘦得像一个鬼影，再不然就进墓门；真是除非你不想他，你要一想的时候就不由得你发愁，不由得你眼睛里钝迟迟的充满了绝望的晦色；美更不必说，也许难得在这里，那里，偶然露一点痕迹，但是转瞬间就变成落花流水似没了，春光是挽留不住的，爱美的人也不是没有，但美景既不常驻人间，我们至多只能实现暂时的享受，笑口不曾全开，愁颜又回来了！因此我只想顺着你歌声离别这世界，忘却这世界，解化这忧郁沉沉的知觉。"

（四）

"人间真不值得留恋，去吧，去吧！我也不必乞灵于培克司（酒神）与他那宝辇前的文豹，只凭诗情无形的翅膀我也可以飞上你那里去。啊，果然来了！到了你的境界了！这林子里的夜是多温柔呀，也许皇后似的明月此时正在她天中的

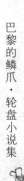

巴黎的鳞爪·轮盘小说集

· 73 ·

宝座上坐着，周围无数的星辰像侍臣似的拱着她。但这夜却
是黑，暗阴阴的没有光亮，只有偶然天风过路时把这青翠荫
蔽吹动，让半亮的大光丝丝的漏下来，照出我脚下青茵浓密
的地土。"

（五）

"这林子里梦沉沉的不漏光亮，我脚下踏着的不知道是什
么花，树枝上渗下来的清馨也辨不清是什么香；在这薰香的
黑暗中我只能按着这时令猜度这时候青草里，矮丛里，野果
树上的各色花香；——乳白色的山楂花，有刺的野蔷薇，在
叶丛里掩盖着的芝罗兰已快萎谢了，还有初夏最早开的麝香
玫瑰，这时候准是满承着新鲜的露酿，不久天暖和了，到了
黄昏时候，这些花堆里多的是采花来的飞虫。"

我们要注意从第一段到第五段是一顺下来的：第一段
是乐极了的谵语，接着第二段声调跟着南方的阳光放亮了一
些，但情调还是一路的缠绵。第三段稍为激起一点浪纹，迷
离中夹着一点自觉的愤慨，到第四段又沉了下去，从"already
with thee！"起，语调又极幽微，像是小孩子走入了一个阴
凉的地窖子，骨髓里觉着凉，心里却觉着半害怕的特别意味，
他低低的说着话，带颤动的，断续的；又像是朝上风来吹断
清梦时的情调；他的诗魂在林子的黑荫里闻着各种看不见的
花草的香味，私下一一的猜测诉说，像是山涧平流入湖水时
的尾声……这第六段的声调与情调可全变了；先前只是畅快
的惝恍，这下竟是极乐的谵语了。他乐极了，他的灵魂取得

了无边的解脱与自由，他就想永保这最痛快的俄顷，就在这时候轻轻的把最后的呼吸和入了空间，这无形的消灭便是极乐的永生；他在另一首诗里说——

I know this being's lease,

My fancy to its utmost bliss spreads,

Yet could I on this very midnight cease,

And the world's gaudy ensign see in shreds；

Verse，Fame and Beauty are intense indeed，

But Death intenser Death is Life's high Meed.

在他看来，（或是在他想来），"生"是有限的，生的幸福也是有限的——诗，声名与美是我们活着时最高的理想，但都不及死，因为死是无限的，解化的，与无尽流的精神相投契的，死才是生命最高的蜜酒，一切的理想在生前只能部分的，相对的实现，但在死里却是整体的绝对的谐合，因为在自由最博大的死的境界中一切不调谐的全调谐了，一切不完全的都完全了，他这一段用的几个状词要注意，他的死不是苦痛；是"EasefulDeath"舒服的，或是竟可以翻作"逍遥的死"；还有他说"QuietBreath"，幽静或是幽静的呼吸，这个观念在济慈诗里常见，很可注意；他在一处排列他得意的幽静的比象——

AUTUMN SUNS

Smiling at eve upon the quiet sheaves,

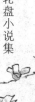

Sweet Sapphos Cheek--a sleeping infant's breath--
The gradual sand that throughn an hour glass runs
A woodland rivulet，a Poet's death.

秋田里的晚霞，沙浮女诗人的香腮，睡孩的呼吸，光阴渐缓的流沙，山林里的小溪，诗人的死。他诗里充满着静的，也许香艳的，美丽的静的意境，正如雪莱的诗里无处不是动，生命的振动，剧烈的，有色彩的，嘹亮的。我们可以拿济慈的《秋歌》对照雪莱的《西风歌》，济慈的"夜莺"对比雪莱的"云雀"，济慈的"忧郁"对比雪莱的"云"，一是动、舞、生命、精华的、光亮的、搏动的生命，一是静、幽、甜熟的、渐缓的"奢侈"的死，比生命更深奥更博大的死，那就是永生。懂了他的生死的概念我们再来解释他的诗：

（六）

"但是我一面正在猜测着这青林里的这样那样，夜莺他还是不歇的唱着，这回唱得更浓更烈了。（先前只像荷池里的雨声，调虽急，韵节还是很匀净的；现在竟像是大块的骤雨落在盛开的丁香林中，这白英在狂颤中缤纷的堕地，雨中的一阵香雨，声调急促极了。）所以他竟想在这极乐中静静的解化，平安的死去，所以他竟与无痛苦的解脱发生了恋爱，昏昏的随口编着钟爱的名字唱着赞美他，要他领了他永别这生的世界，投入永生的世界。这死所以不仅不是痛苦，真是最高的幸福，不仅不是不幸，并且是一个极大的奢侈；不仅不是消极的寂灭，这正是真生命的实现。在这青林中，在这半夜里，在这美妙的歌声里，轻轻的挑破了生命的水泡，啊，去吧！同时你在歌声中倾吐了你的内蕴的灵性，放胆的尽性的狂歌好像你在这黑暗里看出比光明更光明的光明，在你的叶荫中实现了比快乐更快乐的快乐；——我即使死了，你还是继续的唱着，直唱到我听不着，变成了土，你还是永远的唱着。"

这是全诗精神最饱满音调最神灵的一节，接着上段死的意思与永生的意思，他从自己又回想到那鸟的身上，他想我可以在这歌声里消散，但这歌声的本体呢？听歌的人可以由生入死，由死得生，这唱歌的鸟，又怎样呢？以前的六节都是低调，就是第六节调虽变，音还是像在浪花里浮沉着的一张叶片，浪花上涌时叶片上涌，浪花低伏时叶片也低伏；但这第七节是到了最高点，到了急调中的急调——诗人的情绪，和着鸟的歌声，尽情的涌了出来：他的迷醉中的诗魂已经到了梦与醒的边界。

这节里 Ruth 的本事是在旧约书里 The Book of Ruth，她是嫁给一个客民的，后来丈夫死了，她的姑要回老家，叫她也回自己的家再嫁人去，罗司一定不肯，情愿跟着她的姑到外国去守寡，后来他在麦田里收麦，她常常想着她的本乡，济慈就应用这段故事。

（七）

"方才我想到死与灭亡，但是你，不死的鸟呀，你是永远没有灭亡的日子，你的歌声就是你不死的一个凭证。时代

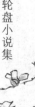

尽迁异，人事尽变化，你的音乐还是永远不受损伤，今晚上我在此地听你，这歌声还不是在几千年前已经在着，富贵的王子曾经听过你，卑贱的农夫也听过你：也许当初罗司那孩子在黄昏时站在异邦的田里割麦，他眼里含着一包眼泪思念故乡的时候，这同样的歌声，曾经从林子里透出来，给她精神的慰安，也许在中古时期幻术家在海上变出蓬莱仙岛，在波心里起造着楼阁，在这里面住着他们摄取来的美丽的女郎，她们凭着窗户望海思乡时，你的歌声也曾经感动她们的心灵，给他们平安与愉快。"

（八）

这段是全诗的一个总束，夜莺放歌的一个总束，也可以说人生的大梦的一个总束。他这诗里有两相对的（动机）；一个是这现世界，与这面目可憎的实际的生活：这是他巴不得逃避，巴不得忘却的，一个是超现实的世界，音乐声中不朽的生命，这是他所想望的，他要实现的，他愿意解除脱了不完全暂时的生为要化入这完全的永久的生。他如何去法，凭酒的力量可以去，凭诗的无形的翅膀亦可以飞出尘寰，或是听着夜莺不断的唱声也可以完全忘却这现世界的种种烦恼。他去了，他化入了温柔的黑夜，化入了神灵的歌声——他就是夜莺；夜莺就是他。夜莺低唱时他也低唱，高唱时他也高唱，我们辨不清谁是谁，第六第七段充分发挥"完全的永久的生"那个动机，天空里，黑夜里已经充塞了音乐——所以在这里最高的急调尾声一个字音 forlorn 里转回到那一个动机，他所从来那个现实的世界，往来穿着的还是那一条线，音调的接合，转变处也极自然；最后糅和那两个相反的动机，用醒（现世界）与梦（想象世界）结束全文，像拿一块石子掷入山壑内的深潭里，你听那音响又清切又谐和，余音还在山壑里回荡着，使你想见那石块慢慢的，慢慢的沉入了无底的深潭……音乐完了，梦醒了，血呕尽了，夜莺死了！但他的余韵却袅袅的永远在宇宙间回响着……

十三年十二月二日夜半

巴黎的鳞爪·轮盘小说集

天目山中笔记

佛天大众中　说我尝作佛
闻如是法音　疑悔悉已除
初闻佛所说　心中大惊疑
将非魔作佛　恼乱我心耶

——莲华经譬喻品

　　山中不定是清静。庙宇在参天的大木中间藏着，早晚间
有的是风，松有松声，竹有竹韵，鸣的禽，叫的是虫子，阁
上的大钟，殿上的木鱼，庙身的左边右边都安着接泉水的粗
毛竹管，这就是天然的笙箫，时缓时急的参和着天空地上种
种的鸣籁。静是不静的；但山中的声响，不论是泥土里的蚯
蚓叫或是轿夫们深夜里"唱宝"的异调，自有一种各别处：
它来得纯粹，来得清亮，来得透澈，冰水似的沁入你的脾肺；
正如你在泉水里洗濯过后觉得清白些，这些山籁，虽则一样
是音响，也分明有洗净的功能。

夜间这些清籁摇着你入梦，清早上你也从这些清籁的怀抱中苏醒。

山居是福，山上有楼住更是修得来的。我们的楼窗开处是一片翁葱的林海；林海外更有云海！日的光，月的光，星的光：全是你的。从这三尺方的窗户你接受自然的变幻；从这三尺方的窗户你散放你情感的变幻。自在；满足。

今早梦回时睁眼见满帐的霞光。鸟雀们在赞美：我也加入一份。它们的是清越的歌唱，我的是潜深一度的沉默。

钟楼中飞下一声宏钟，空山在音波的磅礴中震荡。这一声钟激起了我的思潮。不，潮字太夸；说思流罢。耶教人说阿门，印度教人说"欧姆"（O-m），与这钟声的嗡嗡，同是从撮口外摄到阖口内包的一个无限的波动；分明是外扩，却又是内潜；一切在它的周缘，却又在它的中心；同时是皮又是核，是轴亦复是廓。"这伟大奥妙的"Om 使人感到动，又感到静；从静中见动，又从动中见静。从安住到飞翔，又从飞翔回复安住；从实在境界超入妙空，又从妙空化生实在：

"闻佛柔软音，深远甚微妙。"

多奇异的力量！多奥妙的启示！包容一切冲突性的现象，扩大刹那间的视域，这单纯的音响，于我是一种智灵的洗净。花开，花落，天外的流星与田畦间的飞萤，上绾云天的青松，下临绝海的巉岩，男女的爱，珠宝的光，火山的溶液：一婴儿在它的摇篮中安眠。

这山上的钟声是昼夜不间歇的，平均五分钟打一次。打钟的和尚独自在钟头上住着，据说他的愿心是打到他不能动

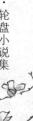

巴黎的鳞爪·轮盘小说集

· 81 ·

弹的那天。钟楼上供着菩萨，打钟人在大钟的一边安着他的"座"，他每晚是坐着安神的，一只手挽着钟槌的一头，从长期的习惯，不叫睡眠耽误他的职司。"这和尚，"我自忖，"一定是有道理的！和尚是没道理的多；方才那知客僧想把七窍蒙充六根，怎么算总多了一个鼻孔或是耳孔；那方丈师的谈吐里不少某督军与某省长的点缀；那管半山亭的和尚更是贪嗔的化身，无端摔破了两个无辜的茶碗。但这打钟和尚，他一定不是庸流不能不去看看！"他的年岁在五十开外，出家有二十几年，这钟楼，不错，是他管的，这钟是他打的（说着他就过去撞了一下），他每晚，也不错，是坐着安神的，但此外，可怜，我的俗眼竟看不出什么异样。他拂拭着神龛，神座，拜垫，换上香烛掇一盂水，洗一把青菜，捻一把米，擦干了手接受香客的布施，又转身去撞一声钟。他脸上看不出修行的清腴，却没有失眠的倦态，倒是满满的不时有笑容的展露；念什么经；不就念阿弥陀佛，他竟许是不认识字的。"那一带是什么山，叫什么，和尚？""这里是天目山，"他说。"我知道，我说的是哪一带的。"我手点着问。"我不知道。"他回答。

　　山上另有一个和尚，他住在更上去昭明太子读书台的旧址，盖着几间屋，供着佛像，也归庙管的，叫作茅棚。但这不比得普陀山上的真茅棚，那看了怕人的，坐着或是偎着修行的和尚没一个不是鹄形鸠面，鬼似的东西。他们不开口的多，你爱布施什么就放在他跟前的篓子或是盘子里，他们怎么也不睁眼，不出声，随你给的是金条或是铁条。人说得更奇了。有的半年没有吃过东西，不曾挪过窝，可还是没有死，就这冥冥的坐着。他们大约难成佛不远了，单看他们的脸色，就比石片泥土不差什么，一样这黑刺刺，死僵僵的。"内中有几个，"香客们说，"已经成了活佛，我们的祖母早三十年来就看见他们这样坐着的！"

但天目山的茅棚以及茅棚里的和尚，却没有那样的浪漫出奇。茅棚是尽够蔽风雨的屋子，修道的也是活鲜鲜的人。虽则他并不因此减却他给我们的趣味。他是一个高身材，黑面目，行动迟缓的中年人；他出家将近十年，三年前坐过禅关，现在这山上茅棚里来修行；他在俗家时是个商人，家中有父母兄弟姊妹，也许还有自身的妻子；他不曾明说他中年出家的缘由，他只说"俗业太重了，还是出家从佛的好"，但从他沉着的语音与持重的神态中可以觉出他不仅是曾经在人事上受过磨折，并且是在思想上能分清黑白的人。他的口，他的眼，都泄漏着他内里强自抑制，魔与佛交斗的痕迹；说他是放过火杀过人的忏悔者，可信；说他是个回头的浪子，也可信。他不比那钟楼上人的不着颜色，不露曲折：他分明是色的世界里逃来的一个囚犯。三年的禅关，三年的草棚，还不曾压倒，不曾灭净，他肉身的烈火。"俗业太重了，不如出家从佛的好"。这话里岂不颤栗着一往忏悔的深心？我觉得好奇；我怎么能得知他深夜跌坐时意念的究竟？

> 佛于大众中　说我偿作佛
> 闻如是法音　疑悔悉已除
> 初闻佛所说　心中大惊疑
> 将非魔所说　恼乱我心耶

但这也许看太奥了。我们承受西洋人生观洗礼的，容易把做人看太积极，入世的要求太猛烈，太不肯退让，把住这热虎虎的一个身子一个心放进生活的轧床夫，不叫他留存半点汁水回去；非到山穷水尽的时候，决不肯认输，退后，收下旗帜；并且即使承认了绝望的表示，他往往直接向生存本体的取决，不来半不阑珊的收回了步子向后退：宁可自杀，干脆的生命的断绝，不来出家，那是生命的否认。不错，西洋人也有出家做和尚做尼姑的，例如亚佩腊与爱洛绮丝，但在他们是情感方面的转变，原来对人的爱移作对上帝的爱，这知感的自体与它的活动依旧不含糊的在着；在东方人，这出家是求情感的消灭，皈依佛法或道法，目的在自我一切痕迹的解脱。再说，这出家或出世的观念的老家，是印度不是中国，是跟着佛教来的；印度可以会发生这类思想，学者们自有种种哲理上乃至物理上的解释，也尽有趣味的。中国何以能容留这类思想，并且在实际上出家做尼僧的今天不比以前少（我新近一个朋友差一点做了小和尚）！这问题正值得研究，因为这分明不仅仅是个知识乃至意识的浅深问题，也许这情形尽有极有趣味的解释的可能，我见闻浅，不知道我们的学者怎样想法，我愿意领教。

十五年九月

鹞鹰与芙蓉雀

（我有一次问太谷尔在近代作者里他最喜欢谁；他说他就喜欢赫孙。）

有一天早上，跟着一群衣服整洁的人们走道，无意中跑进了一处大教堂，我在那里很愉快的耽了一个时辰，倾听一位大牧师讲道的口才。他讲天才。这题目并不是约书上来的，并且与他的讲演别的部分也没有多大的关连；这只是一段插话，在我听来是十分有趣的。他开头讲我们生活上多少感受到的拘束，讲我们内在的想望，那是运定没有实现的一天，只叫生命的短促嘲弄，正当讲到这一点的时候——竟许他想着了他自己的身世——他的话转入了天才的题目；他说一个人有了天然的异禀往往发现他的身世比平常人格外难堪；原因就在他的想望比别人的更高，因之他所发见现实与他的理想间的距离也就相当的远了。这是极明显的，谁都知道；但他说明这层道理所用的比喻却真的是从诗的想像力里来的。平常人的生活他比作关在笼子里的芙蓉雀的生活。讲到这里，他忽然放平了他那威严的训道的神情，并且从他那深厚，响亮的嗓音——假如我可以杜撰一个字——"小成了"一种薄脆的狄管似的尖调，竟像是小雀子的轻啭，连着活泼的语言，出口的快捷，适应的轻灵的姿态与比试，他充分的形容了在金漆笼子里的那位柠檬色的小管家。喔，他叫着，她的生活是多么漂亮，多么匆忙，她管得着的事情又多么多！看她多么灵便的从这横条跳上那横条，从横条跳到笼板上，又从笼板上跳回横条上去！看她多么欣欣的不时的来了啄一嘴细食，要不然高兴一摇头又把嘴里的细食散成了一阵骤雨！看她那好奇的神情，转着她那亮亮的小眼珠看看这边。又看看那边，一点新来稀小的声响，她都得凝神的倾听，眼前什么看得见的东西，她都是出神的细看！她不能有一息安定，不叫就唱，不纵就跳，不吃就喝。扭过头去就修饰她的羽毛，至少每分钟得做十多样不同的勾当；这来忙住了，她再也没工夫去回想她的世界是宽是窄——她再也不想想这笼丝圈住了她，隔绝了她与她所从来的伟大的世界，风动的树林，晴蓝的天空，自由轻快的生涯，再不是她的了。

这番话听着很俏皮，实际上也对，当场听的人全都有了笑容。

但说到这里他那快捷的姿态与比势停住了，他缄默了一晌。他那苍老的威严的面上罩上了一层云；他站直，把身子向左右摇摆了一下，整理了他的黑袍，举起他的臂膀，正像一只大鸟举起他那长羽翮的膀臂，又放了下去，这样来了三两遍；他说话了，他的声音是深沉的，合节度的，好像表示愤怒与绝望："但是你们有没有见过一只关在笼子里的大鹰？"

这来对比的意致真妙，他又摇摆了一下，举起重复放下的臂膀，这时候他学的是那异样的大鹫的垂头；在我们跟前就站着我们平常在万牲园里见惯的"雷神的大禽"；他那深陷的凄情的眼睛直穿透着我们看来；掀动着暗色的羽毛，举起他那厚重的翅膀仿佛要插天飞去似的，但转瞬间又放了下去，嘴里发出那种长引的惨刻的叫声，正像是对着一个蛮横的运命发泄他的悲愤。他接着形容给我们听这鹫禽在绝望的囚禁中的生活；他那严肃的威严的面目，沉潜的腔音，意致庄重的多音字，没一样不是恰巧适合他的题材，他的叙述给了我们一个沉郁庄严永远忘不了的一幅图画——至少（像我这样）一个禽鸟学者是不会忘的。

不消说他这一段话着实使在场的大部分人感动，他们这时候转眼内观他们本性的深处仿佛见着一星星，也许远不止一星星，他方才讲起的那神灵的异禀，但不幸没有得到世人的认识；因此他一时间竟像是对着一大群囚禁着的大鹰说话，他们在想像中都在挥动着他们的羽毛，豁插着他们的翅膀，长曳着悲愤的叫声，抗议他们遭受的厄运。

我自己高兴这比喻为的却是另一个理由：就为我是一个研究禽鸟生活的，他那两种截然不同对比的引喻，同是失却自由，意致却完全异样，我听来是十分确切的，他那有声色有力量的叙述更是不易。因为这是不容疑问的事实，别的动物受人们任意虐待所受的苦恼比罪犯们在牢狱中所受的苦恼更大；芙蓉雀和鸥鹰虽则都是太空中的生灵，同是天赋有无穷的活力，但他们各自失却了自然生活所感受的结果却是大大的不同。就它原来自然的生活着，小鸟在笼子里的生活比大鸟在笼子里的生活比较的不感受拘束。他那小，便于栖止的结构，他那纵跳无定的习惯，都使它适宜于继续的活动，因此它在笼丝内投掷活泼的生涯，除了不能高飞远飏外，还是与它在笼外的状态相差不远。还有它那灵动、好奇，易受感动的天性实际上在笼圈内讨生活倒是有利益的；它周遭的动静，不论是小声响，或是看得见的事物，都是，好比说，使他分心的机会。还有它那丰富的音乐的语言也是它牢笼生活的一个利益；在发音器官发展的禽鸟们，时常练习着歌唱的天资，于它们的体格上当然有关系，可以是它们忘却囚禁的拘束，保持它们的健康与欢欣。

但是鹰的情形却就不同，就为它那特殊的结构和巨大的身量。它一进牢笼时真成了囚犯，从此辜负它们天赋的奇才与强性的冲动，不能不在抑郁中消沉。你尽可以用大块的肉食去塞满它的肠胃要它叫一声"够了"；但他其余的器官与能耐又如何能得到满足？它那每一根骨骼，每一条筋肉，每一根纤维，每一枝羽毛，每一节体肤，都是贯彻着一种精力，那在你禁它在笼子里时永远不能得到满足，正像是一个永久的饿慌。你缚住它的脚，或是放它在一个五十尺宽的大笼里——他的苦恼是一样的，就只那无际的蓝天与稀淡的冷气，才可以供给它那无限量的精力与能耐自由发展的机会，它的快乐是在追赶磅礴的风云。这不仅满足它那健羽的天才，它那特异的视力也同样要求一个辽阔的天空，才可以施展它那隔远距离明察事物的神异。同时它们当然也与人们一样自能相当的适应改变了的环境，否则它们决不能在囚禁中度活，吞得到的只是粗糙的冷肉，入口无味，肠胃也不受用。一个人可以过活，并且竟许还是不无相当乐趣的，即使他的肢体与听觉失了效用；在我看这就可以比称笼内的鸷禽，它的拘禁使他再不能高飏，再不能远眺，再不能恣纵劫掠的本能。

十四年十一月

生命的报酬

　　大战完结那一年玛利亚十九岁，她每回上街的时候没有一个过路的男子不停下步来相相她的。她的头发是黑色的，天生起浪纹的，分开在当中。她有匀净的肌肤，看着新鲜；她长得饱满，她的瘦小的骨骼都叫匀匀的盖住了——差不多可说是近于肥了——但她的可还是一种年青的腴满，就像是小孩子起晕涡的皮肉，看着叫人欢喜。

　　就在这时候她碰着了季诺，他是在前线受了伤被送回到翡冷翠一个医院里来调养的。他长得高，一个好看的少年，那时候养长头发往后面扎的式样还只刚起头，他就是最早的一个，这来翡冷翠的少年看着就像五百年前古画里他们祖宗的样儿了。季诺的行业是一个机匠，这名称，在一班人的口里，就包括自行车行里的徒弟，快车上的车手，各种机器的发明者，或是穿着一件蓝围身手拿着破烂的油布站近一架摩托卡的一类人。他在一家汽车行里做事，玛利亚要晓得的底细也就到此为止；此外呢，那汽车行在那里，因为这来她每回觉着没有他不行的时候她就可以走过去，叫他出来谈一个短天，或是什么。但这样情形当然是在打仗结束以后，那时候季诺就算是一个得胜的英雄，回老家批斗共产主义来了。

他在医院里好痊以后还得到前线去，这来玛利亚就渐渐的变成了一个愁苦的，成天想心思的人了。她也没有别的事情来扰动她的心，因为在他回去打仗前，他为不放心她每天独身来往，已经逼着不让她再到阿诺河边一家衣服铺子上工去了。他要她在家里做事，并且有法想的话就在紧邻找生活做。起初她妈不愿意这办法，因为玛利亚做工赚的钱很像样，后来还是季诺把她讲通了，反正她自己也在一家厂里做事，每天不能送玛利亚上工或是接她下工，一个定了亲的女孩子究竟应得检点些，还是安安稳稳的在家里做些针线来得合适。这来她上街买东西也不去了，要什么的时候，就托一个老婆子去代办，那边邻居有的是专替一班过分忙的人家上街攒几个小钱过日的，空下来的时候她们就坐在小铺子门口说闲话。

季诺这回回来再不出去了。他们一定得赶紧结婚了，他说：他再不能等了。可是玛利亚就住在她妈的一间屋子里，结婚的话，总不能女婿丈母挤一屋子住，就得另外想法才是。

他就帮着找屋子去了。季诺还是照样的热，虽则玛利亚近来倒变沉静了。他是一个热性的，好心肠的男子，顶着急的要开始他们共同的生活。可是没有提另一间房这件事，就是玛利亚一生悲惨的根本。平常我们不易看清楚究竟在那一点命运给我们打起一座墙，永远隔绝了我们的希望，但是玛利亚到了事后回想的时候总这么想：只要娘多有一间屋子，我这辈子的生活就整个儿的两样了。她有的是一种超凡的"悉听天命"的品格，所以假如有人真能了解她时，他会不仅爱她品性的柔和，并且爱她灵性的圣洁，可就这一点也就是她倒运的一部分理由。慈善，好，是男人盼望他的妈的德性，可是他妻子一定得近人情，与他自己一样。至于她的"人情"，自有他在看着，他信，不会得变成软弱的。

日子过去了，房子还是没有找着。玛利亚做工狠勤，赚下来的钱买了一点家用的布纱，另外还放开几个。有时候，到晚上，大约每星期一次，她伴着季诺出去走路或是上电影馆，她妈总是伴着，虽则这时候季诺还是法西士的党员，不但顶忙，并且随时有很大的危险。也是她的不幸，玛利亚住家的一带工人居多，不少都是暴烈的共产党，所以她后来不得已单身上街买吃的或是做工的材料时（她妈在一个机匠家里找到了一个工钱不坏的事情，带着他家的孩子们出来散步），就因为她定给了一个法西士党，她那街坊对她就顶过不去的。每回她拿了做得的衣服上奇奥基太太家去，在一条小街上的一所小屋子里，她老是听着不好听的话对着她直喷。玛利亚在离着家不远的那条小街上走去听着的全是成心毁她的废话；许多女人对着她唾唾液，叫着她恶丑的名字，有一个人赶过来突如其来的在她背上打了一下。等她到了奇奥基太太家进了她的卧室，一到那里，她就撑不住淌眼泪哭了。

"玛利亚怎么回事？对我说呀，孩子，季诺没有什么不是？"

玛利亚替奇奥基太太已经做了好几年的工，奇太太知道她的身世，怎样他们想结婚找不到房子，到这时候她又怎样的着急为的是法西士与共产党每天的暗斗。季诺倒是个好汉。

就到了晚上他上街时也不来偷偷掩掩的，虽则路旁多的是专门暗算的窗户，随时都可以有子弹飞下来。玛利亚一天天的变瘦，越来越憔悴了，这紧张实在是太大了。可是眼前的情形又没有法子想；她还得做她的工，碰着麻烦也只能硬着头皮忍了下去再说。

玛利亚住了哭，仰起头来望着奇太太。她那深黑的眼睛，泪汪汪的亮着烈性的勇敢。

"季诺没有什么。是我自己不中用，这阵子忽然撑不住了。我是挺得过去的。可是你想想那一群街坊我做小孩儿时就认识的，他们也一向喜欢我的，这时候就为了我要爱我自己的国，在大街上冲着我吐唾液，叫名字儿骂我，这可不是真的太难了；我是爱我的国。"

"碰着了些什么事，玛利亚？"

"你知道，奇太太，我们这时候过的是什么日子。你也曾叫人家对着你丢石子为的你是一个体面的太太，可是我呢，我还不是做苦工的女孩子——与他们没有分别——他们不应这样的恨我，就为我不愿意跟着他们说凡是打过仗的人都该枪毙，谁要不是共产党就是反背他自己的阶级，还有我们的宗教都是撒谎。我不信，我不能信那个，我不信有那一天我们全会变成一样的。我们全是两样的，我们要的也是两样的东西。我不能因为人家比我有钱就恨他们，我不能唾弃我的国旗——喔，奇太太，他们说我是个卖国奴，就为我不肯学他们样去做那些事，方才我路过的时候他们还打了我。"

说到这儿，眼睛里亮着光，玛利亚站得直直的，当着前胸伸出了她的一双手臂。

巴黎的鳞爪·轮盘小说集

　　"我是一个意大利人，我傲气我是一个意大利人，傲气做一个有过几千年文化民族的一个人。为什么要我恨我自己的国，为什么要我恨比我运气好，比我聪明，或是比我能干的街坊，为什么我得这样做就因为一班无知识的人告诉我这样做，他们自己可怜吃苦受难的上了人家的当走上了迷路，那真的出主意的人既没有吃过苦，也没有遭过难哩！但是我还是照旧戴上我的小国旗，缝在我衣上的，即使他们因此杀了我也是甘心的。"

　　奇太太顶惊异的看着这女孩子。她自己逼窄的舒服的生活，新近为了共产党到处的闹也感觉不安稳与难过，这一比下来显得卑鄙而且庸劣了。她也曾啰嗦过，可是她不敢给人家辩论；她每天上街去就穿上顶克己的衣服为的是要躲免人家的注目；这儿在她的跟前，是一个做工的女孩子，她有的是这样奇异的勇敢，见天的忍受她自己街坊的骂，打，就为是她信仰她自己的国，信她自己是对的，胆敢戴着她信仰的徽章昂昂的上街去走——一个十字架，一块国旗。

　　玛利亚的话在听她的，那个呆顿的心里激动了一点她从来不曾知道过的什么。这才头一次她抓住了一个离着她每天的小烦恼老远着的理想；她的丈夫，饭食，衣服，东西贵，这类的事情，在这刹那间，在她也看得没有，同时街上的危险，不防备的枪声，骂街妇女们的怪叫等等一些事情，提另发生了意义。在这些个事情里有一点子什么比仅仅的安逸与和平重要得多。他们是对的，要不然他们就是错的，她从来没有从这个光亮里着想过，在她原来看来那班人只是一群野畜生啃断了铁链咬人来了，但是玛利亚的一番话却提醒了她，她这才明白，有苦恼在后背赶他们才会往残暴的恶怒里跑，同时给玛利亚胆量去挡着他们的就只一个理想。有一阵子她发疯似的想跪下去亲吻那女孩的脚，但是她的训练，把一切过分的行为全认作错的教育，救全了她，所以她虽则明认她当前是一个女英雄，同时她也没有忘记她只是一个做衣服的女工，她来是替她试新衣来了。

这来玛利亚原先有的年青的丰姿全没了。她的美变成了完全精神性的了。季诺有时候带她出去有点儿不满意了。谁也不来对她看了，谁也不艳羡他了。他私下希冀着这无非是暂时的，就比如一个影子一会儿就过去的，同时正如他自己有胆量蔑视危险，甚至忍受他的结婚的迁延，她也应得跟着他一路走，慢慢的自会得恢复她的美丽的姿色与瘦削了的丰腴。可是过了一时他不由得不怀疑玛利亚有完全回复的那一天，结果就在他没事的晚上东瞄西张的想找个把比她快活，比她随便的来伴着他玩。他妈新近有了个主意，要是他愿意到厨房睡去，她就可以把走道堵起来，隔出柜子大的一间小房租给她的一个内侄女，她的妈要离开翡冷翠到别处去，可是她得把女儿留下，她现在一家成衣铺学做衣还没有满师。这时候吃食来得贵，赚来的钱虽则像样总是不够的，她妈还得每星期寄钱给一个住在比鲁奇亚的女儿，一家四口的战后寡妇——季诺赞成了他妈的办法，一半天阿达就进他们家合住来了。

她到了以后，第二天晚上玛利亚上季诺家去看他。她妈近来让她自由多了，所以她这回单身去的，她坐了不多一会儿，季诺要她一同出去散步，他们俩就离了家，一路笑着，乐意两口子又在一起了。

"她长得顶美的。"他们一走完那暗沉沉的扶梯，走上一条倾向河边的小街时玛利亚就先说话。

"不坏。"季诺说。他这时候觉着听过了方才新来住客那沙劲儿的嗓子再听玛利亚深沉的温存的口音顶舒服的。

"你想她会不会和你要好，季诺？"

季诺，受了恭维似的，伸出他的长手指捋着他的头发。"胡说八道！她为什么来？"

"喔，她来得年轻，你长得太好看。"

"这也不够理由，她知道我就快跟你结婚的。"

"她知道吗？"

"当然她知道。"这下玛利亚觉着靠稳了。

过了几天她得上街去找些绿绸子配一身衣服，她走过西尼奥利亚廊下的时候，她看见阿达与季诺一同坐在一家咖啡馆里。她起初想走上去，给他们一起坐着谈天，但是不，她走她的，买了她的东西，急急的赶回家去哭了。那晚上她会着季诺，可没有对他提她见着了什么。他还是他那老样子，对她顶好的，过了一会儿，她也就忘了她的妒忌与她的疑心，实在她也顶乐意忘了。

又过了六个星期，那晚他俩一起在河边走路，一阵凉风从北面过来吹跑了夏天晚上叫人迷酥那软味儿，季诺忽的把她紧紧的靠身搂着。

"听我话，玛利亚，为了爱我，你什么都受过了。假如我可以把文书弄到，你肯不肯立刻结婚——立刻——你来跟我妈我爸同住？"

"阿达不是在那儿吗？"

"我们可以另替她想法子。"

"可还有你的妈。她那脾气不是容易同住的，你的房间两个人住也显太小。你还得上厨房睡去。那算什么结婚。"

"我知道，我知道，可是你得赶快决定，马上——今晚——要不然我就说不定有没有事情发生。"

但是玛利亚那晚上还是没有决定。

忽然间什么事都松动了下来。兵进罗马以后——季诺就是最先过披亚门的一个——国事就显得平静了，人民也安居乐业了。玛利亚认识的那一班女人，在一九二〇那年她们唾骂她，侮辱她，穿着赤绸子衣服，戴着大红花上共产党跳舞会去跳舞的一班，这来全变样了，政见全变了，她们还有混着跳舞闹的一群男人们的政见也全变了，剥下了烈焰做的红火，换上了黑绸的衬衫了。这来玛利亚的地位也变样了，她自己觉着奇怪人家把她看作女英雄似的什么了——她不见得高兴，就觉得奇怪，她对她妈说，"从前她们唾我骂我的时候她们倒是认真的，可是现在她们认真吗？还不就只是一群只知道讨好男子的女人？"

她娘的运气也好些了，盼望在六个月内可以搬进一幢新屋子，腾得出房间来给季诺住，她另还可以给女儿一间厨房——两家合住就这厨房有趣。玛利亚这才放宽了一点心，她好容易有希望来过舒服快活的日子了。年轻还是她的，再说呢，二十五岁年纪终究还说不上老，虽则你蹲在十六七妙龄的玫瑰花朵上望到这年纪许觉着过分的恐慌。她还是一样可以向前望，哈哈，幸福，全在前面，还有到手小团团的那一天，荒谬绝伦的可爱的小团团——稀小，干净，闻着香喷喷的。

她这时候正从那铁桥走向阿尔格来齐桥，好容易挣过了那几个难年，往往心坎里老是怀着鬼胎，她的青春都叫毁了，今天才放了心了。什么事都回复平静了。阿诺河的河身也看着宽一点；雪尼奥里亚的高塔，力量与坚定的象征，照旧站着，衬出浅色的早黄昏天。前两天打雷下大雨下了一整天，所以那河虽则时候不对也是满满的，她在河边站了一会儿，看街孩们浸在水里泼水闹。多快活的小人儿！小团团长大了当然就变了这顽皮的小鬼。时候快得狠。那一天她上了年纪，跟前一群年轻人，她的儿子们，就来问她商量他们看中了的女孩子们，那些女孩子们也一定是好脾气顶温柔的，黑头发当中间分开的。

她慢慢的走过去。等到她快走近那桥，她忽然看见季诺在半黑的黄昏里与阿达一起站着，手抄着她的腰，靠着河边的石阑上看河。他们俩一头笑，一头软软的讲着话。

玛利亚停了步，心里一阵子狂跳，撑不住开口问了，声音异样的粗糙，"季诺，这算什么意思？"

他转过身来活像一只吃了鞭子的狗。

"你记得有一天我问你赶快决定。我不是石头做的，阿达她爱我。"

玛利亚的声音还是柔和的，但她的话就像一把快刀直斩进了季诺的自大的虚荣心。

"可是我爱你，季诺。我为你挨过了这不少的难年，这来好容易太平了，你——你——你爱的倒是阿达——不是我。"

阿达可没有受玛利亚的声音的感动，她也看不出她的情敌有哪一点说得上美或是媚，她那带愁的一双眼，她那惨白的端正的相貌。阿达，有的是卷弯儿的头发，小牛似的脖子，大奶子，坚实的高搁的后部，穿着一身显出她那粗俗的身体的点线曲折的衣服，站在那里正像是一座"繁殖胜利"的次等石碑，在她的面前玛利亚是"贞女苦难"的真身。她把季诺推在一边。她高声说话时他低着头萎了开去。"季诺得娶我。归根说，年轻的是我，"——她的十六岁的跟对着那年纪大些的女子瞟着一种凶恶的傲慢——"况且这全是他自己不好，就是他妈这时候也说他有立刻与我结婚的义务。"

十四年十月

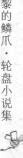

从小说讲到大事

我最厌怕翻译，尤其是小说，但这篇短篇也不知怎的竟像它自己逼着我把它翻了出来。原文载在 London Mercury 的九月号。我想有几层理由为什么我要翻这篇给你们看，第一这篇小说本身就写得不坏，紧凑有力；第二它的背景是我的新宠翡冷翠，文里的河，街道，走廊，钟塔，桥，都是我几月前早晚留恋过来的；第三这小说里顺便点出的早几年意大利的政情于我们现在的政情狠可比较，有心人可以在这里得到历史的教训。单说这末了一点。小说里的玛利亚不仅是代表人的意志的贞，品格的洁，与灵魂的勇敢，她也代表，我们可以说，意大利或是任何大民族不死的国魂。正如一条大河，风暴时翻着浪，支流会合处湍急，上源暴发时汹涌，阳光照着时闪金，阴云盖着时惨黑，任凭天时怎样的转变，河水还是河水，它的性是不变的，也许经受了风雨以后河身更展宽一些，容量更扩大一些，力量更加厚一些；同样的一个民族在它的沿革里自然的发展了它的个性，任凭经受多少次政治的，甚至于广义的文化的革命，只要它受得住，河道似的不至泛滥不至旁窜改向，它那性还是不变，不但不变，并且表面的扰动归根都是本原的滋补。真的一个人的灵性里要没有，比象的说，几座火烧焦的残破的甚至完全倒塌的雷峰古塔，它就使有灵性也只是平庸的，没趣味的，浅薄的；民族也是的，在那一个当得住时间破坏力的民族的灵魂里，就比在它的躯壳里，不是栉比的排列着伟大的古迹？一个人的意志力与思想力不是偶然的事情：远一点说，有他的种与族的遗传的来源；近一点说，有他自己一生的经验。造成人格的小是安逸的生活与安逸的环境，是深入骨髓的苦恼，是残酷的艰难；造成国民性或国魂的是革命。在这里我们可以看出在分明破坏性的事实里，往往含有真建设的意义。在平常的时候，国民性比较浅薄甚至可厌或可笑的部分，可以在这民族个人里看出；到了非常的时候，它的伟大的不灭的部分在少数或是甚至一二人的人格里要求最集中最不可错误的表现。我们是儒教国，这是逃不了的事实。儒教给我们的品性里有永远可珍的两点，一是知耻，一是有节，两样是连着来的。极端是往往碰头的，因此在一个最无耻的时代里往往挺生出一个两个最知耻的个人，例如宋末有文天祥，明末有黄梨洲一流人。在他们几位先贤，不比当代我们还看得见的那一群遗老与新少，忠君爱国一类的概念脱卸了肤浅的字面的意义，却取得了一种永久的象征的意义，他们拼死保守的不是几套烂墨卷，不是几句口头禅，他们是为他们的民族争人格，争"人之所以为人"，在这块古旧的碑上刻着历代义烈的名字，渍着他们的血，在他们性灵的不朽里呼吸着民族更大

巴黎的鳞爪·轮盘小说集

的性灵。玛利亚，一个做手工的贱女，在这篇小说里说："但是我还是照旧戴上我的小国旗，缝在我衣上的，就使因此他们杀了我也是甘心的。"我们可以想像当初文天祥说同样的一句话，我们可以想像当初黄梨洲说同样的一句话。现在呢？我们离着黄梨洲的时代快三百年了；并且非常的时候又在我们的头上盖下来了。儒教的珍品——耻，节——到哪里去了？我们张着眼看看，我们可以寻到一百万个大篓子装得满的懦弱，或是三千部箱车运不完的卑鄙，但是我们却不易寻到指头上捻得出或是鼻观里闻得出的一点子勇敢，一点子耻心，一点子节！在王府井大街上一晚有一百多的同胞跟在两个行凶的美国兵背后联声喊打，却没有一个敢走近他们，别提动手；这事实里另有一个"幽默"现代评论的记者不曾看出来的，就是我们中国人特有的一种聪明——他们想把惟怯合起来，做成他一个勇敢！而且你们可以相信，这种现象不仅是在王府井大街上看得到！倒好像拼拢一群灰色的耗子来可以变一个猫，或是聚集一百万的虱子可以变一只老虎！玛利亚只靠了她自己不大明白的一个理想；"我是爱我的国。"她说。究竟为什么爱，她也不定说得分明，她只觉得这样是对的。是对的！这是力量，这是力量。在这一个小小想像事实的跟前，莫索里尼失去了他的威风，拿破仑的史迹没有了重量：这是人类不灭性本体的表现。多可爱呀这单纯的信仰！多可亲呀这精神的勇敢？

　　我们离着意大利有万千里路程，你们也许从没有见过一个意大利人；他们近年来国运的转变，战前战后人民遭受的苦痛，我们只看作与长安街上的落叶一般的不关紧要。但在玛利亚口音里，只要你有相当的想像力，你可以听出意大利民族的声音；岂止，人类不灭性在非常的时节最集中最不可错误的声音。我们应当在这里而发现我们自己应有的声音，现在叫重浊的物质生活生生的压在里面，但这时代的紧急正在急迫的要求它再来一次的吐露。我们还可以在那位奇奥基太太的描写里找着我们自己怪寒伧的小影："她自己逼窄的舒服的生活，新近为了共产党到处的闹也感觉不安稳与难过，这一比下来显得卑鄙而且庸劣了。"我们每天上街去，也与奇太太一样聪明，就拣一件"顶克己的衣服穿上，为的是要避免人家的注目"。玛利亚有胆量"戴着她信仰的徽章昂昂的上街去走——一个十字架，一块国旗"；你自己查考查考你每天戴着上街去的是什么徽章——国务院的？宪法起草会的？还是懦弱与苟且的徽章？这次我碰着不少体面人，有开厂的，有办报的，有开交易所的，他们一听见我批评共产，他们就拍手叫好，说这班人真该死，真该打，成心胡闹，不把他们赶快打下去这还成什么世界？唔！好让你们坐汽车的坐汽车，发横财的发横财，娶小老婆的娶小老婆！在他们看来，正如小说里的奇太太看来，"那班人只是野畜生的啃断了铁链乱咬人来了"。单只从为给这班人当头一个教训看法，什么形式的捣乱在上帝跟前都取得了许可。他们那颟顸的漆黑的心窝里从没有过一丝思想的光亮，他们每晚只是从自私的里床翻身到自利的外床，再从自利的外床翻回到自私的里床！同时这时代是真的危险，所有想像得到与想像不到的灾殃都像烘干了的爆竹似的在庭心里放着，只要一根火纸就够着了。灾难，危险，你们想躲吗？躲是躲不了的；灾难，危险，是要你去挡的，是要你去抗的，是要你伸手去擒的；你擒不住它，它就带住了你。只有单纯的信仰可以给我们勇敢。只有单纯的理想可以给我们力量。"他们是对的，要不然他们就是错的。"奇太太受了玛利亚的感动第一次坚决的这样想。我们在没有玛利亚这样人格摇醒我们的神志以前，我们至少得凭常识的帮助，认清眼前的事物，澈底的想它一个澈底。这"敢想"是灵性的勇敢的进门；敢反着你自以为见解的见解想，是思想的勇敢的初步。在你不能认真想的时候你做人还不够资格；在你还不能得到你自己思想的透彻时你的思想不但没有力量并且没有重量；在你不能在你思想的底里发现单纯的信心时勇敢的事业还不是你的分；——等到你发见了一个理想在你心身的后背作无形的动力时，你不向前也得向前，不搏斗也得搏斗，到那时候事实上的胜利与失败倒反失却了任何的重要，就只那一点灵性的勇敢永远不灭的留着，像是天上的明星。

玛利亚只是个极寻常的女子；她没有受过高深的教育，她只是个工女；但一个单纯理想的灵感就使她的声音超越的代表意大利民族的声音，高傲的，清越的，不可错误的。莫索利尼法西士的成功，不是因为他有兵力，不是因为法西士主义本体有什么优殊，也不完全因为他个人非常的人格；归根说成功的政治家多少只是个投机事业家。他就是一个。我们不必到马契亚梵立（Machiaveli）的政论里去探讨法西士主义的远源，不必问海格尔或是尼采或是甚至马志尼的学说里去垦寻"神异的"莫索里尼的先路；他的成功的整个的秘密，我们可以说，我们可以在这想像的工女玛利亚的声音里会悟到。你们要知道大战后几年在意大利共产与反共产的斗争不只是偶尔的爆发，报纸上的宣传，像我们今天在中国开始经常的；至少在那边东北部几个大城子里这斗争简直把街坊画成了对垒的战壕，把父子兄弟朋友逼成了扼咽喉的死仇——这情形我怕我们不久也见得着，虽则我们中国人的根性似乎比西方人多少缓和些（但这有时是我们的贼不是我们的德）。其实你只要此刻亲自到广东去就可以知道人类烈情压住理智时的可怖——就是在政治上。但这极端性，我说，正是西方人的特色，这来两方搏斗的目标就分明的揭出，绝对的不混，不含糊——不比我们贵国的打仗，姑且不问他们打仗的平时究竟有没有主义在心头，并且即使在他们昌言有的时候你还是一分钟都不能相信说红的的确是红，说青的的确是青。因此我们多打一回仗，只是加深一层糊涂，越打越糟，越打越不分明。这正是针对着那一班人，无忌惮的只知私利，无忌惮的利用一切，我们应得耸起了耳朵倾听玛利亚的声音。她说——

我是一个意大利人，我傲气我是一个意大利人，傲气做一个有过几千年文化民族的一个。为什么要我恨我自己的国，为什么要我恨比我运气好，比我聪明，或是比我能干的街坊，为什么我得这样做，就因为一班无知识的告诉我这样做，他们自己可怜吃苦受难的上了人家的当走上了迷路，其实那真在背后出主意的既没有吃过苦也没有遭过难吧！……

还有一班专赶热闹的在红色得意的日子就每晚穿上"红绸子衣服戴着大红花上共产党跳舞会去跳舞"，回头红色叫黑色打倒了的时候他们的办法还是一样的简单，他们就来欣欣

巴黎的鳞爪·轮盘小说集

的"剥下了烈焰似的红衣换上了黑绸的衬衫"！他们会有一天"认真"吗？

所以玛利亚与她无形的理想站在一边；在她对面的是叫苦难逼得没路走同时叫人煽惑了趋向暴烈的无辜平民与他们的愚暗，躲在背后主使捣乱的一群与他们的奸与毒，两旁一面爬在地下的是奇太太代表的一流人物，在苟且中鬼混，一样的只知私利；一面就是那穿上红绸子跳舞剥下红绸子还是跳舞的一群。

现在时候逼紧了！我们把这幅画记在心里，再来张眼看看在我们中间究竟有没有像玛利亚那样牢牢的抱住她的理想的一个生灵！

十四年十月

轮盘小说集

春痕

一　瑞香花——春

逸清早起来，已经洗过澡，站在白漆的镜台前，整理他的领结。窗纱里漏进来的晨曦，正落在他梳栉齐整漆黑的发上，像一流灵活的乌金。他清癯的颊上，轻沾着春晓初起的嫩红，他一双睫绒密绣的细长妙目，依然含漾着朝来梦里的无限春意，益发激动了他 Narcissus 自怜的惯习，痴痴地尽向着镜里端详。他圆小锐敏的睛珠，也同他头发一般的漆黑光芒，在一泻清利之中，泄漏着几分忧郁凝滞，泄漏着精神的饥渴，像清翠的秋山轻罩着几痕雾紫。

他今年二十三岁，他来日本方满三月，他迁入这省花家，方只三日。

他凭着他天赋的才调生活风姿，从幼年便想肩上长出一对洁白蛴嫩的羽翮，望着精焰斑斓的晚霞里，望着出岫倦展的春云里，望着层晶叠翠的秋天里，插翅飞去，飞上云端，飞出天外，去听云雀的欢歌，听天河的水乐，看群星的联舞，

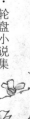

看宇宙的奇光，从此加入神仙班籍，凭着九天的白玉阑干，于天朗气清的晨夕，俯看下界的烦恼尘俗，微笑地生怜，怜悯地微笑。那是他的幻想，也是多数未经生命严酷教训的少年们的幻想。但现实粗狠的大槌，早已把他理想的晶球击破，现实卑琐的尘埃，早已将他洁白的希望掩染。他的头还不曾从云外收回，他的脚早已在污泥里泞住。

他走到窗前，把窗子打开，只觉得一层浓而且劲的香气，直刺及灵府深处，原来楼下院子里满地都是盛开的瑞香花，那些紫衣白发的小姑子们，受了清露的涵濡，春阳的温慰，便不能放声曼歌，也把她们襟底怀中脑边蕴积着的清香，迎着缓拂的和风，欣欣摇舞，深深吐泄，只是满院的芬芳，只勾引无数的小蜂，迷醉地环舞。

三里外的桑抱群峰也只在和暖的朝阳里欣然沉浸。

逸独立在窗前，估量这些春情春意，双手插在裤袋里，微曲着左膝，紧咬住浅绛的下唇，呼出一声幽喟，旋转身掩面低吟道：可怜这万种风情无地着！

紧跟着他的吟声，只听得竹篱上的门铃，喧然大震，接着邮差迟重的嗓音唤道："邮便！"

一时篱上各色的藤花藤叶，轻波似颤动，白果树上的新燕呢喃也被这铃声喝住。

省花夫人手拿着一张美丽的邮片笑吟吟走上楼来对逸说道："好福气的先生，你天天有这样美丽的礼物到手，"说着把信递入他手。

果然是件美丽的礼物；这张比昨天的更觉精雅，上面写的字句也更妩媚，逸看到她别致的签名，像燕尾的瘦，梅花的疏，立刻想起她亭亭的影像，悦耳的清音接着一阵复凑的感想，不禁四肢的神经里，迸出一味酸情，迸出一些凉意。他想出了神，无意地把手里的香迹，送向唇边，只觉得兰馨满口，也不知香在片上，也不知香在字里——他神魂迷荡了。

一条不甚宽广但很整洁的乡村道上，两旁种着各式的树木，地上青草里，夹缀着点点金色银色的钱花。这道上在这初夏的清晨除了牛奶车菜担以外，行人极少。但此时铃声响处，从桑抱山那方向转出一辆新式的自行车，上面坐着一个西装的少女，二十岁光景。她黯黄的发，临风蓬松着，用一条浅蓝色丝带络住，她穿着一身白纱花边的夏服，鞋袜也一体白色；她丰满的肌肉，健康的颜色，捷灵的肢体，愉快的表情，恰好与初夏自然的蓬勃气象和合一致。

她在这清静平坦的道上，在榆柳浓馥的荫下，像飞燕穿帘似的，疾扫而过；有时俯偻在前枢上，有时撒开手试她新发明的姿态，恰不时用手去理整她的外裳，因为孟浪的风尖常常挑翻她的裙序，像荷叶反卷似的，泄露内衬的秘密。一路的草香花味，树色水声，云光鸟语，都在她原来欣快的心境里，更增加了不少欢畅的景色——她同山中的梅花小鹿一般的美，一般的活泼。

自行车到藤花杂生的篱门前停了。她把车倚在篱旁，扑去了身上的尘埃，掠齐了鬓发，将门铃轻轻一按，把门推开，站在门口低声唤道："省花夫人，逸先生在家吗？"

说着心头跳个不住，颊上也是点点桃花，染入冰肌深浅。

那时房东太太不在家，但逸在楼上闲着临帖，早听见了，就探首窗外，一见是她，也似感了电流一般，立刻想飞奔下

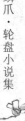

巴黎的鳞爪·轮盘小说集

去。但她接着喊道；她也看见了："逸先生，早安，请恕我打扰，你不必下楼，我也不打算进来，今天因为天时好，我一早就出来骑车，便道到了你们这里，你不是看我说话还喘不过气来，你今天好吗？啊，乘便，今天可以提早一些，你饭后就能来吗？"

她话不曾说完，忽然觉得她鞋带散了，就俯身下去收拾，阳光正从她背后照过来，将她描成一个长圆的黑影，两支腰带，被风动着，也只在影里摇头，恰像一个大蜗牛，放出他的触须侦探意外的消息。

"好极了，春痕姑娘！……我一定早来……但你何不进来坐一歇呢？……你不是骑车很累了吗？……"

春痕已经缚紧了鞋带，倚着竹篱，仰着头，笑答道："很多谢你，逸先生，我就回去了。你温你的书吧，小心答不出书，先生打你的手心。"格支地一阵憨笑，她的眼本来秀小，此时连缝儿都莫有了。

她一欠身，把篱门带上，重复推开，将头探入；一支高出的藤花，正贴住她白净的腮边，将眼瞟着窗口看呆了的逸笑道："再会罢，逸！"

车铃一响，她果然去了。

逸飞也似驰下楼去出门望时，只见榆荫错落的黄土道上，明明缕着她香轮的踪迹，远远一簇白衫，断片铃声，她，她去了。

逸在门外留恋了一会，转身进屋，顺手把方才在她腮边撩拂那支乔出的藤花折了下来，恭敬地吻上几吻；他耳边还只荡漾着她那"再会罢，逸！"的那个单独"逸"字的蜜甜音调——他又神魂迷荡了。

二　红玫瑰——夏

"是逸先生吗？"春痕在楼上喊道，"这里没有旁人，请上楼来。"

春痕的母亲是旧金山人，所以她家的布置也参酌西式。楼上正中一间就是春痕的书室，地板上铺着匀净的台湾细席，疏疏的摆着些几案榻椅，窗口一大盆的南洋大榈，正对着她凹字式的书案。

逸以前上课，只在楼下的客堂里，此时进了她素雅的书屋，说不出有一种甜美愉快的感觉。春痕穿一件浅蓝色纱衫，发上的缎带也换了亮蓝色，更显得妩媚绝俗。她拿着一管斑竹毛笔正在绘画，案上放着各品的色碟和水盂。逸进了房门，她才缓缓地起身，笑道："你果然能早来，我很欢喜。"

逸一面打量屋内的设备，一面打量他青年美丽的教师，连着午后步行二里许的微喘，颇露出些踟蹰的神情，一时连话也说不连贯。春痕让他一张椅上坐了，替他倒了一杯茶，口里还不住地说她精巧的寒暄。逸喝了口茶，心头的跳动才缓缓的平了下来，他瞥眼见了春痕桌上那张鲜艳的画，就站起来笑道："原来你又是美术家，真失敬，春痕姑娘，可以准我赏鉴吗？"

她画的是一大朵红的玫瑰，真是一枝秾艳露凝香，一瓣有一瓣的精神，充满了画者的情感，仿佛是多情的杜鹃，在月下将心窝抵入荆刺沥出的鲜红心血，点染而成，几百阕的

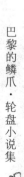

巴黎的鳞爪·轮盘小说集

情词哀曲，凝化此中。

"那是我的鸦涂，哪里配称美术。"说着她脸上也泛起几丝红晕，把那张水彩趄趄地递入逸手。

逸又称赞了几句，忽然想起西方人用花来作恋爱情感的象征，记得红玫瑰是"我爱你"的符记，不禁脱口问道："但不知哪一位有福的，能够享受这幅精品，你不是预备送人的吗？"

春痕不答。逸举头看时，只见她倚在凹字案左角，双手支着案，眼望着手，满面绯红，肩胸微微有些震动。

逸呆望着这幅活现的忸怩妙画，一时也分不清心里的反感，只觉得自己的颧骨耳根，也平增了不少的温度。此时春痕若然回头，定疑心是红玫瑰的朱颜，移上了少年的肤色。

临了这一阵缄默，这一阵色彩鲜明的缄默，这一阵意义深长的缄默，让窗外桂树上的小雀，吱的一声啄破。春痕转身说道："我们上课罢，"她就坐下，打开一本英文选，替他讲解。

功课完毕，逸起身告辞，春痕送他下楼，同出大门，此时斜照的阳光正落在桑抱的峰巅岩石上，像一片斑驳的琥珀，他们看着称美一番，逸正要上路。春痕忽然说：

"你候一候，你有件东西忘了带走。"她就转身进屋去，过了一分钟，只见她红胀着脸，拿着一纸卷递给逸说："这是你的，但不许此刻打开看！"接着匆匆说了声再会，就进门去了。逸左臂挟着书包，右手握着春痕给他的纸卷，想不清她为何如此慌促，禁不住把纸卷展开，这一展开，但觉遍体的纤微，顿时为感激欣喜悲切情绪的弹力撼动，原来纸卷的内容，就是方才那张水彩，春痕亲笔的画，她亲笔画的红玫瑰——他神魂又迷荡了。

三　茉莉花——秋

　　逸独坐在他房内，双手展着春痕从医院里来的信，两眼平望，面容澹白，眉峰间紧锁住三四缕愁纹；她病了。窗外的秋雨，不住地沥淅，他怜爱的思潮，也不住地起落。逸的联想力甚大，譬如他看花开花放就想起残红满地；身历繁华声色，便想起骷髅灰烬；临到欢会，便想怆别；听人病苦，便想暮祭。如今春痕病了，在院中割肠膜，她写的字也失了寻常的劲致，她明天得医生特许可以准客人见，要他一早就去。逸为了她病，已经几晚不安眠，但远近的思想不时涌入他的脑府。他此时所想的是人生老病死的苦痛，青年之短促。他悬想着春痕那样可爱的心影，疑问像这样一朵艳丽的鲜花，是否只要有恋爱的湿润便可常保美质；还是也同山谷里的茶花，篱上的藤花，也免不了受风摧雨虐，等到活力一衰，也免不了落地成泥。但他无论如何拉长缩短他的想象，总不能想出一个老而且丑的春痕来！他想圣母玛丽不会老，观世音大士不会老，理想的林黛玉不会老，青年理想中的爱人又如何会老呢？他不觉微笑了。转想他又沉入了他整天整晚迷恋的梦境；他最恨想过去，最爱想将来，最恨回想，最爱前想，过去是死的丑的痛苦的枉费的：将来是活的美的幸福的创造的；过去像块不成形的顽石，满长着可厌的猬草和刺物；将来像初出山的小涧，只是在青林间舞蹈，只是在星光下歌唱，只是在精美的石梁上进行。他廿余年麻木的生活，只是个不可信，可厌的梦；他只求抛弃这个记忆；但记忆是富有黏性的，你愈想和他脱离，结果胶附得愈紧愈密切。他此时觉得记忆的压制愈重，理想的将来不过只是烟淡云稀，渺茫明灭，他就狠劲把头摇了几下，把春痕的信摺了起来，披了雨衣，换上雨靴，挟了一把伞独自下楼出门。

他在雨中信步前行，心中杂念起灭，竟走了三里多路，到了一条河边。沿河有一列柳树，已感受秋运，枝条的翠色，渐转苍黄，此时仿佛不胜秋雨的重量，凝定地俯看流水，粒粒的泪珠，连着先凋的叶片，不时掉入波心悠然浮去。时已薄暮，河畔的颜色声音，只是凄凉的秋意，只是增添惆怅人的惆怅。天上绵般的云似乎提议来裹埋他心底的愁思，草里断续的虫吟，也似轻嘲他无聊的意绪。

逸踯躅了半晌，不觉秋雨满襟，但他的思想依旧缠绵在恋爱老死的意义，他忽然自言道："人是会变老，会变丑，会死，会腐朽，但恋爱是长生的；因为精神的现象决不受物质法律的支配；是的，精神的事实，是永久不可毁灭的。"

他好像得了难题的答案，胸中解释了不少的积重，抖下了此衣上的雨珠，就转身上归家的路。

他路上无意中走入一家花铺，看看初菊，看看迟桂，最后买了一束茉莉，因为她香幽色澹，春痕一定喜欢。

他那天夜间又不曾安眠，次日一早起来，修饰了一晌，用一张蓝纸把茉莉裹了，出门往医院去。

"你是探望第十七号的春痕姑娘吗？"

"是。"

"请走这边。"

逸跟着白衣灰色裙的下女，沿着明敞的走廊，一号，二号，数到了第十七号。浅蓝色的门上，钉着一张长方形的白片，写着很戟目的英字：

No.17 Admitting no visitors except the patient's mother and Mr. Yi."

"第十七号，除病人母亲及逸君外，他客不准入内。"

一阵感激的狂潮，将他的心府淹没。逸回复清醒时，只见房门已打开，透出一股酸辛的药味，里面恰丝毫不闻音息。逸脱了便帽，企着足尖，进了房门——依旧不闻音息。他先把房门掩上，回身看时，只见这间长形的室内，一体白色，白墙白床，一张白毛毯盖住的沙发，一张白漆的摇椅，一张小几，一个唾盂。床安在靠窗左侧，一头用矮屏围着。逸走近床前时，只觉灵魂底里发出一股寒流，冷激了四肢全体。春痕卧在白布被中，头戴白色纱巾，垫着两个白枕，眼半阖着，面色惨澹得一点颜色的痕迹都没有，几于和白枕白被不可辨认，床边站着一位白巾白衣态度严肃的看护妇，见了逸也只微颔示意，逸此时全身的冰流重复回入灵府，凝成一对重热的泪珠，突出眶帘。他定了定神俯身下去，小语道："我的春痕，你……吃苦了！……"那两颗热泪早已跟着颤动的音波在他面上筑成了两条泪沟，后起的还频频涌出。

春痕听了他的声音，微微睁开她倦绝的双睫，一对铅似重钝的睛球正对着他热泪溶溶的湿眼；唇腮间的筋肉稍稍缓弛，露出一些勉强的笑意，但一转瞬她的腮边也湿了。

"我正想你来，逸，"她声音虽则细弱，但很清爽，"多

巴黎的鳞爪·轮盘小说集

谢天父，我的危险已经过了！你手里拿的不是给我的花吗？"说着笑了，她真笑了。

逸忙把纸包打开，将茉莉递入她已从被封里伸出的手，也笑说道："真是，我倒忘了：你爱不爱这茉莉？"

春痕已将花按在口鼻间，阖拢了眼，似乎经不住这强烈香味；点了点头，说："好，正是我心爱的；多谢你。"

逸就在床前摇椅上坐下，问她这几日受苦的经过。

过了半点钟，逸已经出院，上路回家。那时的心影，只是病房的惨白颜，耳畔也只是春痕零落屠弱的音声。但他从进房时起，便引起了一个奇异的幻想。他想见一个奇大的坟窟，沿边齐齐列着黑衣送葬的宾客，这窟内黑沉沉地不知有多少深浅，里面却埋着世上种种的幸福，种种青年的梦境，种种悲哀，种种美丽的希望，种种污染了残缺了的宝物，种种恩爱和怨艾，在这些形形色色的中间，又埋着春痕，和在病房一样的神情，和他自己——春痕和他自己！

逸——他的神魂又是一度迷荡。

四　桃花李花处处开——十年后春

此时正是清明时节，箱根一带满山满谷，尽是桃李花竞艳的盛会。这边是红锦，那边是白雪，这边是火焰山，那边是银涛海；春阳也大放骄矜艳丽的光辉来笼盖这骄矜艳丽的花园，万象都穿上最精美的袍服，一体的欢欣鼓舞，庆祝春明。整个世界，只是一个妩媚的微笑；无数的生命，只是报告他们的幸福：到处是欢乐，到处是希望，到处是春风，到处是妙乐。

今天各报的正张上，都用大号字登着欢迎支那伟人的字样。那伟人在国内立了大功，做了大官，得了大名，如今到日本。他从前的留学国，来游历考察，一时哄动了全国注意，朝野一体欢迎，到处宴会演说，演说宴会，大家争求一睹丰采；尤其因为那伟人是个风流美丈夫。

那伟人就是十年前寄寓在省花家瑞香花院子里的少年；他就是每天上春痕姑娘家习英文的逸。

他那天记起了他学生时代的踪迹，忽发雅兴，坐了汽车，绕着桑抱山一带行驶游览，看了灿烂缤纷的自然，吸着香甜温柔的空气，甚觉舒畅愉快。

车经过一处乡村，前面被一辆载木料的大车拦住了进路，只得暂时停着等候。车中客正瞭望桑抱一带秀特的群峰，忽然春痕的爱影，十年来被事业尘埃所掩翳的爱影，忽然重复历历心中，自从那年匆匆被召回国，便不闻春痕消息，如今春色无恙，却不知春痕何往，一时动了人面桃花之感，连久干的眶睫也重复潮润起来。

但他的注意，却半在观察村街的陋况，不整齐的店铺，这里一块铁匠的招牌，那首一张头痛膏的广告，别饶风趣。

一家杂货铺里，走来一位主客，一个西装的胖妇人，她穿着蓝呢的冬服，肘下肩边都已霉烂，头戴褐色的绒帽，同样的破旧，左手抱着一个将近三岁的小孩，右臂套着一篮的杂物——两颗青菜，几枚蛤蜊，一枝蜡，几匣火柴，——方才从店里买的。手里还挽着一个四岁模样的女孩，穿得也和她母亲一样不整洁。那妇人蹒跚着从汽车背后的方向走来，见了这样一辆美丽的车和车里坐着的华服客，不觉停步注目。远远的看了一晌，她索性走近了，紧靠着车门，向逸上下打量。看得逸到烦腻起来，心想世上哪有这样臃肿倦曲不识趣的妇人……

那妇人突然操英语道："请饶恕我，先生，但你不是中国人逸君吗？"

他想又逢到了一个看了报上照相崇拜英雄的下级妇女；但他还保留他绅士的态度，微微欠身答道："正是，夫人，"淡淡说着，漫不经意的模样。

但那妇人急接说道："果然是逸君！但是难道你真不认识我了？"

逸兔不得眸凝向她辨认：只见丰眉高颧；鼻梁有些陷落，两腮肥突，像一对熟桃；就只那细小的眼眶，和她方才"逸君"那声称呼，给他一些似曾相识的模糊印象。

"我十分的抱歉，夫人！我近来的记忆力实在太差，但是我现在敢说我们确是曾经会过的。"

"逸君你的记忆真好！你难道真忘了十年前伴你读英文的人吗？"

逸跳了起来，说道："难道你是春……"但他又顿住了，因为万不能相信他脑海中一刻前活泼可爱的心影，会得幻术似的变形为眼前粗头乱服左男右女又肥又蠢的中年妇人。

但那妇人却丝毫不顾恋幻象的消散，丝毫不感觉哲理的怜悯；十年来做妻做母负担的专制，已经将她原有的浪漫根性，杀灭尽净，所以她宽弛的喉音替他补道："春……痕，正是春痕，就是我，现在三……夫人。"

逸只觉得眼前一阵昏沉，也不会听清她是三什么的夫人，只瞪着眼呆顿。

"三井夫人，我们家离此不远，你难得来此，何不乘便过去一坐呢？"

逸只微微的颔道，她已经将地址吩咐车夫，拉开车门，把那小女孩先送了上去，然后自己抱着孩子挽着筐子也挤了进来。那时拦路的大车也已经过去，他们的车，不上三分钟就到了三井夫人家。

一路逸神意迷惘之中，听她诉说当年如何嫁人，何时结婚，丈夫是何职业，今日如何凑巧相逢，请他不要介意她寒素嘈杂的家庭，以及种种等等，等等种种。

她家果然并不轩敞，并不恬静。车止门前时，便有一个七八岁赤脚乱发的小孩，高喊着"娘坐了汽车来了……"跳了出来。

那漆髹驳落的门前，站着一位满面皱纹，弯背驼腰的老妇人，她介绍给逸，说是她的姑。老太太只咳嗽了一声，向来客和她媳妇，似乎很好奇似地溜了一眼。

逸一进门，便听得后房哇的一声婴儿哭：三井夫人抱怨她的大儿，说定是他顽皮又把小妹惊醒了。

逸随口酬答了几句话，也没有喝她紫色壶倒出来的茶，就伸出手来向三井夫人道别，勉强笑着说道："三井夫人，我很羡慕你丰满的家庭生活，再见罢！"

等到汽轮已经转动，三井夫人还手抱着襁褓的儿，身旁立着三个孩子，一齐殷勤地招手，送他的行。

那时桑抱山峰，依旧沉浸在艳日的光流中，满谷的樱花桃李，依旧竞赛妖艳的颜色，逸的心中，依旧涵葆着春痕当年可爱的影象。但这心影，只似梦里的紫丝灰线所织成，只似远山的轻霭薄雾所形成，澹极了，微妙极了，只要蝇蚊的微嚅，便能刺碎，只要春风的指尖，便能挑破……

两姊妹

三月。夜九时光景。客厅里只开着中间圆桌上一座大伞形红绸罩的摆灯。柔茌的红辉散射在附近的陈设上，异样的恬静。靠窗一架黑檀几上那座二尺多高薇纳司的雕像，仿佛支不住她那矜持的姿态，想顺着软美的光流，在这温和的春夜，望左侧的沙发上，倦倚下去；她倦了。

安粟小姐自从二十一年前母亲死后承管这所住屋以来，不会有一晚曾向这华丽、舒服的客厅告过假，缺过席。除了绒织、看小说、和玛各（她的妹妹）闲谈，她再没有别的事了。她连星期晚上的祈祷会，都很少去，虽则她们的教堂近在前街，每晚的钟声叮当个不绝，似乎专在提醒，央促她们的赴会。

今夜她依旧坐在她常坐的狼皮椅上，双眼半阖着，似乎与她最珍爱的雕像，同被那私语似的灯光薰醉了。书本和线织物，都放在桌上；她想继续看她的小说，又想结束她的手工，但她的手像痉挛了似的，再也伸不出去。她忽然想起玛

巴黎的鳞爪·轮盘小说集

各还不回进房来，方才听得杯碟声响，也许她乘便在准备她们临睡前的可可茶。

玛各像半山里云影似的移了进来，一些不着声息，在她姊姊对面的椅上坐了。

她十三年前犯了一次痹症，此后左一半的躯体，总不十分自然。并且稍一劳动，便有些气喘，手足也常发震。

"啊，我差一些睡着了，你去了那么久……"说着将手承着口，打了小半个呵欠，玛各微喘的声息，已经将她惊觉。此时安粟的面容，在灯光下隔着桌子望过去，只像一团干确了的海绵，那些复叠的横皱纹，使人疑心她在苦笑，又像忧愁。她常常自怜她的血弱，她面色确是半青不白的。她的声带，像是新鲜的芦管做成的，不自然的尖锐。她的笑响，像几枚新栗子同时在猛火里爆裂；但她妹子最怕最厌烦的，尤其是她发怒时带着鼻音的那声"扼衡。"

"扼衡！玛丽近来老是躲懒，昨天不到四点钟就走了，那两条饭巾，一床被单，今天还放着没有烫好，真不知道她在外面忙的是什么！"

"哼，她哪儿还有工夫愿管饭巾……我全知道！每天她出了我们的门，走不到转角上——我常在窗口望她——就躲在那棵树下拿出她那粉拍来，对着小手镜，装扮她那贵重的鼻子——有一天我还见她在厨房里擦胭脂哪！前天不是那克莱妈妈说她一礼拜要看两次电影，说常碰到她和男子一起散步……"

"可不是，我早就说年轻的谁都靠不住，要不是找人不容易，我早就把她回了，我看了她那细小的腰身，就有气！扼衡！"

　　玛各幽幽的喟息了一声，站了起来，重复半山里云影似的移到窗前，伸出微颤的手指，揭开墨绿绿绒的窗幔，仰起头望着天上，"天倒好了，"她自语着，"方才怪怕人的乌云现在倒变了可爱的月彩，外面空气一定很新鲜的，这个时候……哦，对门那家瑞士人又在那里跳舞了，前天他们才有过跳舞不是，安粟？他们真乐呀，真会享福，他们上面的窗帘没有放下，我这儿望得见他们跳舞呀，果然那位高高的美男子又在那儿了……啊唷，那位小姐今晚多乐呀，她又穿着她那件枣红的，安粟你也见过的不是，那件银丝镶边的礼服？我可不爱现在的式样，我看是太不成样儿了，我们从前出手稍为短一点子，昂姑母就不愿意，现在她们简直是裸体了——可是那位小姐长得真不错，肉彩多么匀净，身段又灵巧，她贴住在那美男子的胸前，就像一只花蝶儿歇在玉兰花瓣上的一样得意……她一对水一般的妙眼尽对着了看，他着了迷了……他着了迷了，这音乐也多趣呀，这是新出的，就是太艳了一点，简直有点猥亵，可是多好听，真教人爱呀……"

　　安粟侧着一只眼望过来，只见她妹妹的身子有点儿摇动，一双手紧紧的拧住窗幔，口里在吁吁的响应对面跳舞家的音乐……

　　"扼衡！"

　　玛各吓的几乎发噤，也自觉有些忘情，赶快低着头回转身。在原先的椅上坐下，一双手还是震震的，震震的……

　　安粟在做她的针线，低着头，满面的皱纹叠得紧紧的，像秋收时的稻屯。玛各偷偷的瞟了她几眼，顺手把桌上的报

纸，拿在手里……隔街的乐音，还不时零续地在静定的夜气中震荡。

"铛！"门铃，格托的一声，邮件从门上的信格里落在进门的鬃毯上。玛各说了声，让我去看去，出去把信捡了进来。"昂姑母来的信。"

安粟已经把眼镜夹在鼻梁上，接过信来拆了。

野鸭叫一阵的笑，安粟稻屯似的面孔上，仿佛被阳光照着了，闪闪的在发亮。"真是！玛各，你听着。"

"汤麦的蜜月已经完了。他们夫妻俩现在住在我家里。新娘也很和气的，她的相片你们已经见过了不是？他们俩真是相爱，什么时候都挨得紧紧的，他们也不嫌我，我想他们火热的年轻人看了我们上年纪的，板板的像块木头，说的笑话也是几十年的老笑话，每星期总要背一次的老话，他们看了我一定很觉得可怜，——其实我们老人的快活，才是真快活。我眼也花了，前面本来望不见什么，乐得安心静意等候着上帝的旨意，我收拾收拾厨房，看看年轻人的快乐，说说干瘪的笑话，也就过了一天，还不是一样？

"间壁史太太家新收了一个寄宿的中国学生。前天我去吃晚饭看见了。一个矮矮的小小的顶好玩的小人，圆圆的头，一头蓬蓬的头发，像是好几个月没有剪过，一双小小的黑眼，一个短短的鼻子，一张小方的嘴，真怪，黄人真是黄人，他的面色就像他房东太太最爱的，蒸得稀烂的南瓜饼，真是蜡黄的。也亏他会说我们的话，一半懂得，一半懂不得。他也很自傲的，一开口就是我们的孔夫子怎么说，我们的孔夫子怎么说——总是我们的孔夫子。前天我们问起中国的妇女和婚姻，引起了他一大篇的议论。他说中国人最有理性，男的女的，到了年纪——我们孔夫子分付的——一定得成家成室，没有一个男子，不论多么穷，没有妻子。没有一个女人，不论多么丑，没有丈夫。他说所以中国有这样的太平，人人都很满意的。真是，怪不得从前的'赖耶鸿章'见了格兰士顿的妹妹，介绍时听见是小姐，开头就问为什么还没有成亲！我顶喜欢那小黄人。我几时想请他吃饭，你们也来会会他好不好——他是个大学的学生哩！

你的钟爱的姑母。

"附：安粟不是想养一条狗吗？昨天晚报上有一条卖狗的广告，说是顶好的一条西伯利亚种，尖耳朵，灰色的，价钱也不贵，你们如其想看，可以查一查地址。我是不爱狗的，但也不厌恶。有的真懂事，你们养一条，解解闷儿也好。

姑母

玛各坐着听他姐姐念信，出神似的，两眼汪汪的像要滴泪。安粟念完了打了一个呵欠，把信叠好了放在桌上对玛各说："今晚太迟了，明天一早你写回信吧，好不好？伴'锵那门'（Chinaman）吃饭我是不来的，你要去你可以答应姑母。我倒想请汤麦夫妻来吃饭——不过……也许你不愿意。随你

· 127 ·

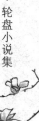

吧。谢谢姑母替我们留心狗的广告，说我这一时买不买没有决定。我就是这几句话。……时候已不早，我去拿可可茶来吃了去睡吧。"

两姊妹吃完了她们的可可茶，一前一后的上楼，玛各更不如她姊姊的轻捷，只是扶着楼梯半山里云影似的移，移，一直移进了卧室。她站在镜台前，怔怔的，自己也不知道在想的是什么，在愁的是什么，她总像落了什么重要的物品似的，像忘了一桩重要的事不曾做似的——她永远是这怔怔的，怔怔的。她想起了一件事，她要寻一点旧料子，打开了一只箱子，偻下身去捡。她手在衣堆里碰着了一块硬硬的，她就顺手掏了出来，一包长方形的硬纸包，细绳拴得好好的。她手微震着，解了绳子，打开纸包看时，她手不由得震得更烈了。她对着包里的内容发了一阵呆，像是小孩子在海砂里掏贝壳，掏出了一个蚂蝗似的。她此时已在地毯上坐着，呆呆的过了一晌，方才调和了喘息，把那纸包放在身上，一张一张的拿在手里，仔细的把玩。原来她的发现只是几张相片，她自己和旁人早年的痕迹，也不知多少年前塞在旧衣箱的底里，早已忘却了。她此时手里擎着的一张是她自己七岁时的小影。一头绝美的黄发散披在肩旁，一双活泼的秀眼，一张似笑不笑的小口，两点口唇切得像荷叶边似的妩媚……她拿到口边吻一下，笑着说："多可爱的孩子啊！"第二张相片是又隔了十年的她，正当她的妙年，一个绝美的影子。她的眉，她的眼，她的不丰不瘦的嫩颊，颊上的微笑，她的发，她的项颈，她的前胸，她的姿态——那时的她，她此时看着，觉得有说不出的可爱，但……这样的美貌，哪一个不倾倒，哪一个舍得不爱……罗勃脱，杰儿，汤麦……哦，汤麦，他如今……蜜月，请他们来吃饭……难道是梦吗，这二十岁几年怎样的过的……哦，她的痹症，恶毒的病症……从此，从此……安粟，亲爱的母亲，昂姑母，自己的病，谁的不是，谁的不是……是梦吗？……真是一张雪白的纸，二十几年……玛丽和男子散步……对门的女子跳舞的快乐……哦，安粟说什么，中国，黄人的乐土……太平洋的海水……照片里的少女，被她发痴似的看活了，真的活了！这不是她的鬈发在惺忪的颤动，这不是她象牙似的项颈在轻轻的扭动，她的口在说话了……

　　这二十几年真是过的不可信！她现在已经老了，已经是废人了，是真的吗？生命，快乐，一切，没有她的份了，是真的吗？每天伴着她神经错乱的姐姐，厨房里煮菜，客厅里念日报，听秋天的雨声，叶声，听春天的鸟声，每晚喝一杯浓煎的可可茶，白天，黑夜，上楼，下楼，……是真的吗？

　　是真的吗？二十几年的我，你说话呀！她的心脏在舂米似的跳响，自己的耳都震聋了。她发了一个寒噤，像得了热病似的。她无意的伸上手去，在身旁的镜台上，拖下了一把手镜来。她放下那只手里的照片，一双手恶狠狠的擒住那面手镜，像擒住了一个敌人，向着她自己的脸上照去……

　　安粟的房正在她妹子房的间壁，此时隐隐的听得她在床上翻身，口鼻间哼出一声"扼衡！"

老李

一

他有文才吗？不，他做文课学那平淮西碑的怪调子，又写的怪字，看了都叫人头痛。可是他的见解的确是不寻常？也就只一个怪字。他七十二天不剃发，不刮胡子；大冷天人家穿皮褂穿棉袄，他秃着头，单布裤子，顶多穿一件夹袍。他倒宝贝他那又黄又焦的牙齿，他可以不擦脸，可是擦牙漱口仿佛是他的情人，半天也舍不了，每天清早，扰我们好梦的是他那大排场的漱口，半夜里搅我们不睡的又是他那大排场的刷牙；你见过他的算草本子没有，那才好玩，代数，几何，全是一行行直写的，倒亏他自己看得清楚！总而言之，一个字，老李就是怪，怪就是老李。

这是老李同班的在背后讨论他的话，但是老李在班里虽则没有多大的磁力，虽则很少人真的爱他，他可不是让人招厌的人，他有他的品格，在班里很高的品格，他虽是怪，他可没有斑点，每天他在自修室的廊下独自低着头伸着一个手指走来走去的时候，在他心版上隐隐现现的不是巷口锡箔店里穿蓝竹布衫的，不是什么黄金台或是吊金龟，也不是湖上的风光，男女，名利，游戏，风雅，全不是他的份，这些花样在他的灵魂里没有根，没有种子。他整天整夜在想的就是两件事：算学是一件，还有一件是道德问题——怎样叫人不卑鄙有廉耻。他看来从校长起一直到听差，同学不必说，全是不够上流，全是少有廉耻。有时他要是下输了棋，他爱下的围棋，他就可以不吃饭不睡觉的想，想倘然他在那角上早应了一子，他的对手就没有办法，再不然他只要顾自己的活，也就不至于整条的大鱼让人家囫囵的吞去……他爱下围棋，也爱想围棋，他说想围棋是值得的，因为围棋有与数学互相发明的妙处，所以有时他怨自己下不好棋，他就打开了一章温德华斯的小代数，两个手指顶住了太阳穴，细细的研究了。

老李一翻开算学书，就是个活现的疯子，不信你去看他那书桌子，原来学堂里的用具全是一等的劣货，总是庶务攒钱，哪里还经得起他那狠劲的拍，应天响的拍，拍得满屋子自修的，都转过身子来对着他笑。他可不在乎，他不是骂算数教员胡乱教错了，就说温德华斯的方程式根本有疑问，他自己发明的强的多简便的多，并且中国人做算学直写也成了，他看过李壬叔的算学书全是直写的，他看得顶合式，为什么做学问这样高尚的事情都要学外洋，总是奴从的根性改不了！拍的又是一下桌子！

有一次他在演说会里报名演说，他登台的时候（那天他碰巧把胡子刮净了，倒反而看不惯），大家使劲的拍巴掌欢迎他，他把右手的点人指放在桌子边，他那一双离魂病似的眼睛，钉着他自己的指头看，尽看，像是大考时看夹带似的，他说话了。我最不愿意的，我最不赞成的，我最反对的，是——是拍巴掌。一阵更响亮的拍巴掌！他又说话了。兄弟今天要讲的是算学与品行的关系。又是打雷似的巴掌，坐在后背的叫好儿都有。他的眼睛还是钉住在他自己的一个指头上。我以为品行……一顿。我以为算学——又一顿。他的新修的鬓边，青皮里泛出红花来了。他又勉强讲了几句，但是除了算学与品行两个字，谁都听不清他说的是什么，他自己都不满意，单看他那眉眼的表情，就明白。最后一阵霹雳似的掌声，夹着笑声，他走下了讲台。向后面那扇门里出去了。散了会，以后人家见他还是亚里斯多德似的，独自在走廊下散步。

<h1 style="text-align:center">二</h1>

老李现在做他本乡的高小学堂校长了。在东阳县的李家村里，一个中学校的毕业生不是常有的事；老李那年得了优等文凭，他人还不曾回家，一张红纸黑字的报单，上面写着贵府某某大少爷毕业省立第一中学优等第几名等等，早已高高的贴在他们李家的祠堂里，他上首那张捷报，红纸已经变成黄纸，黑字已经变成白字，年份还依稀认得出，不是嘉庆八年便是六年。李家村茶店酒店里的客人，就有了闲谈的资料，一班人都懂不得中学堂，更懂不得优等卒业，有几位看报识时务的，就在那里打比喻讲解。高等小学卒业比如从前的进学，秀才。中学卒业算是贡生，优等就是优贡。老李现

在就有这样的身份了。看他不出，从小不很开口说话，性子又执拗，他的祖老人家常说单怕这孩子养不大，谁知他的笔下倒来得，又肯用功，将来他要是进了高等学堂再一毕业，那就算是中了举了！常言说的人不可以貌相不是？这一群人大都是老李的自族，他的祖辈有，父辈也有，子辈有，孙辈也有，甚至叫他太公的都有。这一年的秋祭，李家族人聚会的时候，族长就提出了一个问题。他们公堂里有一份祭产，原定是归有功名的人收的，早出了缺，好几年没有人承当，现在老李已经有了中学文凭，这笔进款是否应该归他的，让大家公议公议，当场也没有人反对，就算是默认了。老李考了一个优等，到手一份祭产，也不能算是不公平。老李的母亲是个寡妇，听说儿子有了荣耀，还有进益，当然是双份的欢喜。

　　老李回家来不到几天，东阳县的知事就派人来把他请进城去。这是老李第一次见官，他还是秃着头，穿着他的大布褂子，也不加马褂，老李一辈子从没有做过马褂，就有一件黑羽纱的校服，领口和两肘已经烂破了，所以他索性不穿。县知事倒是很客气，把他自己的大轿打了来接他，老李想不坐，可是也没有话推托，只得很不自在的钻进了轿门，三名壮健的轿夫，不到一个钟头就把老李抬进了知事的内宅。"官？"老李一路在想，"官也不一定全是坏的。官有时候也有用，像现在这样世界，盗贼，奸淫，没有廉耻的世界，只要做官的人不贪不枉，做个好榜样也就好得多不是。曾文正的《原才》里讲得顶透辟。但是循吏还不是酷吏，循吏只会享太平，现在时代就要酷吏，像汉朝那几个铁心辣手的酷吏，

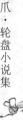

才对劲儿。看，那边不又是打架，那可怜的老头儿，头皮也让扎破了。这儿又是一群人围着赌钱。青天白日，当街赌钱。坏人只配恶对付。杀头，绞，凌迟，都不应该废的，像我们这样民风强悍的地方，更不能废，一废，坏人更没有忌惮。更没有天地了。真要有酷吏才好。今天县知事请我不知道为什么。他信上说有要事面商，他怎么会知道我。……"

　　下午老李还是坐了知事大老爷的轿子回乡。他初次见官的成绩很不坏，想不到他倒那样的开通，那样的直爽，那样的想认真办事。他要我帮忙——办开民高小？我做校长？他说话倒真是诚恳。孟甫叔父怎么能办教育？他自己就没有受什么教育。还有他的品格！抽大烟，外遇，侵吞学费；哼，不要说公民资格，人格都没有，怎么配当校长？怎么配教育青年子弟？难怪地方上看不起新开的学堂，应该赶走，应该赶跑。可是我来接他的手？我干不干？我不是预定考大学预料将来专修算学的吗？要是留在地方上办事，知事说的为"桑梓帮忙，"我的学问也就完事了。我妈倒是最愿意我留在乡里，也不怪她，她上了年纪，又没有女儿，常受邻房的呕气，气得肝胃脾肺肾轮流的作怪，我要是一出远门，她不是更没有主意，早晚要有什么病痛，叫她靠谁去？知事也这么说，这话倒是情真。况且到北京去念书，要几千里路的路费，大学不比中学，北京不是杭州，用费一定大得多，我哪儿有钱使——就算考取了也还是难，索性不去也罢。可是做校长？校长得兼教修身每星期训词——这都不相干，做一校之长，顶要紧就是品格，校长的品格，就是学堂的品格。我主张三育并重，德育、智育、体育，——德育尤其要紧，管理要从严，常言说的棒头上出孝子，好学生也不是天生的，认真来做一点社会事业也好，教育是万事的根本，知事说的不错，我们金华这样的赌风、淫风、械斗、抢劫、都为的群众不明白事理，没有相当的教育，教育，小学教育，尤其是根本，我不来办难道还是让孟甫叔父一般糊涂虫去假公济私不成，知事说的当仁不让……

<h1 style="text-align:center">三</h1>

　　"娘的话果然不错，"老李又在想心思，一天下午他在学校操场的后背林子里独自散步，"娘的话果然不错，"世道人心真是万分的险恶。娘说孟甫叔父混号叫做笑面老虎，不是好惹的，果然有他的把戏。整天的吃毒药，整天的想打人家的主意。真可笑，他把教育事业当作饭碗，知事把他撤了换我，他只当是我成心抢了他的饭碗——我不去问他的前任的清账，已经是他的便宜，他倒反而唆使猛三那大傻子来跟我捣乱。怎么，那份祭产不归念书的，倒归当兵的？一个连长就会比中学校的卒业生体面，真是笑话。幸亏知事明白，没有听信他们的胡说，还是把这份收入判给我。我倒也不在乎这三四十担粗米，碰到年成坏，也许谷子都收不到，就是我妈倒不肯放手，她话也不错，既是我们的名分，为什么要让人强抢去。孟甫叔父的说话真凶，真是笑里藏刀，句句话有尖刺儿的，他背后一定咒我，一定狠劲的毁谤我。猛三那大傻子，才上他的臭当，隔着省份奔回来替我争这份祭产，他准是一个大草包，他那样子一看就是个强盗，他是在广东当

· 135 ·

连长的，杀人放火本来是他正当的职业，怪不得他开口就想骂，动手就想打，我是不来和他们一般见识，把一百多的小学生管好已够我的忙，谁还有闲工夫吵架？可是猛三他那傻，想了真叫人要笑，跑了几千里地，祭产没有争着，自己倒赔了路费，听说他昨天又动身回广东去了。他自己家庭的肮脏，他倒满不知道，街坊谁不在他的背后笑呵，——真是可怜，蠢奴才，他就配当兵杀人！那位孟甫老先生还是吃他的鸟烟，我倒不知道他还有什么好主意！

四

知事来了！知事来了！

操场上发生了惨剧，一大群人围着。

知事下了轿，挨进了人圈子。踏烂的草地上横躺着两具血污的尸体。一具斜侧着，胸口流着一大堆的浓血，右手里还擎着一柄半尺长铮亮的尖刀，上面沾着梅花瓣似的血点子，死人的脸上，也是一块块的血斑，他原来生相粗恶，如今看的更可怕了。他是猛三。老李在他的旁边躺着，仰着天，他的情形看的更惨，太阳穴，下颏，脑壳，两肩，手背，下腹，全是尖刀的窟窿，有的伤处，血已经瘀住了，有的鲜红还在直淌，他睁着一双大眼，口也大开着，像是受致命伤以前还在喊救命似的，他旁边伏着一个五六十岁的妇人，拉住他一只石灰色的手，在哽咽的痛哭。

知事问事了。

猛三分明是自杀的，他刺死了老李以后就把刀尖望他自己的心窝里一刺完事。有好几个学生也全看见的，现在他们都到知事跟前来做见证了。他们说今天一早七点半早操班，校长李先生站在那株白果树底下督操，我们正在行深呼吸，忽然听见李先生大叫救命，他向着这一头直奔，他头上已经冒着血，背后凶手他手里拿着这把明晃晃的刀（他们转身望猛三的尸体一指）狠命的追，李先生也慌了，他没有望我们排队那儿逃，否则王先生手里有指挥刀也许还可以救他的命，他走不到几十步，就被那凶手一把揪住了，那凶手真凶，一刀一刀的直刺，一直把李先生刺倒，李先生倒地的时候，我们还听见他大声的嚷救命，可是又有谁去救他呢，不要说我们，连王先生也吓呆了，本来要救，也来不及，那凶手把李先生弄死了，自己也就对准胸膛裁了一刀，他也完了。他几时进来，我们也不知道，他始终没有开一声口……

知事说够了够了，他就叫他带来的仵作去检猛三的身上。猛三夹袄的口袋里有几块钱，一张撕过的船票，广东招商局的，一张相面先生的广告单，一个字纸团。知事把那字纸团打开看了，那是一封信。那猛三不就是四个月前和老李争祭产的那个连长吗？老李的母亲揩干了眼泪，走过来说，正是他，那是孟甫叔父怪嫌老李抢了他的校长，故意唆使他来捣乱的。我也听是这么说，知事说，孟甫真不应该，他把手里的字条扬了一扬，恐怕眼前的一场流血，也少不了他的份儿，猛三的妻子是上月死的吗？是的。她为什么死的？她为什么死的！知事难道不明白，街坊上这一时沸沸扬扬的，还不是李猛三家小的话柄，真是话柄！

猛三那糊涂虫，才是糊涂虫，自己在外省当兵打仗，家里的门户倒没有关系，也不避街坊的眼，朝朝晚晚，尽是她的发泼，吵得鸡犬不宁的。果然，自作自受，太阳挂在头顶，世界上也不能没有报应……好，就到种德堂去买生皮硝吃，一吃就闹血海发晕，请大夫也太迟了，白送了一条命，不怪自己，又怪谁去！

　　知事说冤有头，债有主，这两条新鲜的性命，死得真冤，老李更可惜，好容易一乡上有他一个正直的人，又叫人给毁了，真太冤了！眼看这一百多的学生，又变了失奶的孩子，又有谁能比老李那样热心，勤劳，又有谁能比他那高尚的品格？孟甫真不应该，他那暗箭伤人，想了真叫人痛恨，也有猛三那傻子，听他说什么就信什么，叫他赶回来争祭产，他就回来争祭产，告他老李逼死了他的妻子，叫他回来报仇，也没有说明白为的是什么，他就赶了回来，也不问个红黑是非，船一到埠，天亮就赶来和老李拼命，见面也没有话说，动手就行凶，杀了人自己也抹脖子，现在死没有对证，叫办公事的又有什么主意。

五

　　老李没有娶亲，没有子息；没有弟兄，也没有姊妹；他就有一个娘，一个年老多病的娘。他让人扎了十几个大窟窿扎死了。他娘滚在鲜血堆里痛哭他，回头他家里狭小的客间里，设了灵座，早晚也就只他的娘哭他，现在的骨头已经埋在泥里，一年里有一次两次烧纸锭给他的——也就只他的——老娘。

一个清清的早上

　　翻身？谁没有在床上翻过身来？不错，要是你一上枕就会打呼的话，那原来用不着翻什么身；就使在半夜里你的睡眠的姿态从朝里变成了朝外，那也无非是你从第一个梦跨进第二个梦的意思；或是你那天晚饭吃得太油腻了，你在枕上扭过头颈去的时候你的口舌间也许发生些咳咂的声响——可是你放心，就这也不能是梦话。

　　咢先生年轻的时候从不知道什么叫做睡不着，往往第二只袜子还不曾剥下，他的呼吸早就调匀了，到了早上还得他妈三四次大声的叫嚷才能叫他擦擦眼皮坐起身来的。近来可变得多了，不仅每晚上床去不能轻易睡着，就是在半夜里使劲的禽着枕头想"着"而偏不着的时候也很多。这还不碍，顶坏是一不小心就说梦话，先前他自己不信，后来连他的听差都带笑脸回说不错，先生您爱闭着眼睛说话，这来他吓了，再也不许朋友和他分床或是同房睡，怕人家听出他的心事。

　　咢先生今天早上的确在床上翻了身，而且不止一个，他早已醒过来，他眼看着稀淡的晓光在窗纱上一点点的添浓，一晃晃的转白，现在天已大亮了。他觉得很倦，不想起身，可是再也合不上眼，这时他朝外床屈着身子，一只手臂直挺挺的伸出在被窝外面，半张着口，半开着眼，——他实在有不少的话要对自己说，有不少的牢骚要对自己发泄，有不少的委屈要向自己清理。这大清清的早上正合式。白天太忙；咒他的，一起身就有麻烦，白天直到晚上，清早直到黄昏，没有错儿；哪儿有容他自己想心事的空闲，有几回在洋车上伸着腿合着眼顶舒服的，正想搬出几个私下的意思出来盘桓盘桓，可又偏偏不争气，洋车一拐弯，他的心就像含羞草让人搔了一把似的裹得紧紧的再也不往外放；他顶恨是在洋车上打盹，有几位吃肥肉的歪着他们那原来不正的脑袋，口液一绞绞的简直像冰葫芦似的直往下挂，那样儿才叫寒伧！可是他自己一坐车也掌不住下巴往胸口沉，至多赌咒不让口液往下漏就是。这时候躺在自己的床上，横直也睡不着了，有心事尽管想，随你把心事说出口都不碍，这洋房子漏不了气。对！他也真该仔细的想一想了。

其实又何必想，这干想又有什么用？反正是这么一回事，啵！一兜身他又往里床睡了，被窝漏了一个大窟隆，一阵冷空气攻了进来，激得他直打寒噤。哼，火又灭了，老崔真是该死！呎！好好一个男子，为什么甘愿受女人的气，真没出息！难道没了女人，这世界就不成世界？可是她那双眼，她那一双手——哪怪男人们不拜倒——O, mouth of honey, With the thyme for fragranec, Who with heart in breast could deny your love? 这两性间的吸引是不可少的，男人要是不喜欢女人，老实说，这世界就不成世界！可是我真的爱她吗？这时候咢先生伸在外面的一只手又回进被窝里去了，仰面躺着。就剩一张脸露在被口上边，端端正正的像一个现制的木乃伊。爱她不爱她……这话就难说了；喜欢她，那是不成问题。她要是真做了我的……哈哈那可逗了，老孔准气得鼻孔里冒烟，小彭气得小肚子发胀，老王更不用说，一定把他那管铁锈了的白郎林拿出来不打我就毁他自己。咳，他真会干，你信不信？你看昨天他靠着墙的时候那神气，简直仿佛一只饿急了的野兽，我真有点儿怕他！咢先生的身子又弯了起来，一只手臂又出现了。得了，别做梦吧，她是不会嫁我的，她能懂得我什么？她只认识我是一个比较漂亮的留学生，只当我是一个情急的求婚人，只把我看作跪在她跟前求布施的一个——她压根儿也没想到我肚子里究竟是青是黄，我脑袋里是水是浆——这哪儿说得上了解，说得上爱？早着哪！可是……咢先生又翻了一个身。可是要能有这样一位太太，也够受用了，说一句良心话放在跟前不讨厌，放在人前不着急。这不着急顶是紧。要像是杜国朴那位太太，朋友们初见面总疑心是他的妈，那我可受不了！长得好自然便宜，每回出门的时候，她轻轻的软软的挂在你的臂弯上，这就好比你捧着一大把的百合花，又香又艳的，旁人见了羡慕，你自己心里舒服，你还要什么？还有到晚上看了戏或是跳过舞一同回家的时候，她的两靥让风刮得红村村的，口唇上还留着三分的胭脂味儿，那时候你拥着她一同走进你们又香又暖的卧房，在镜台前那盏鹅黄色的灯光下，仰着头，斜着脸，瞟你这么一眼，那是……那是……咢先生这时候两只手已经一齐挣了出来，身体也反扑了过来，

背仰着天花板，狠劲地死挤他那已经半瘪了的枕头。那枕头要是玻璃做的，早就让他挤一个粉碎！

唉！鄂先生喘了口长气，又回复了他那个木乃伊的睡法。唉，不用想太远了；按咋儿那神气，下回再见面，她整个儿不理会我都难说哩！我为她心跳，为她吃不下饭，为她睡不着，为她叫朋友笑话，她，她哪里知道？就使知道了她也不得理会。女孩儿的心肠有时真会得硬，谁说的"冷酷"，一点也不错，你为她伤了风生病，她就说你自个儿不小心，活该，就使你为她吐出了鲜红的心血，她还会说你自己走道儿不谨慎叫鼻子碰了墙或是墙碰了你的鼻子，现在闹鼻血从口腔里哼出来吓呵人哪！咳，难，难，难，什么战争都有法子结束，就这男女性的战争永远闹不出一个道理来；凡人不中用，圣人也不中用，平民不成功，贵族也不成功。哼，反正就是这么回事，随你绕大弯儿小弯儿想去，回头还是在老地方，一步也没有移动。空想什么，咒他的——我也该起来了。老崔！老崔！打脸水。

船上

　　"这草多青呀！"腴玉简直的一个大筋斗滚进了河边一株老榆树下的草里去了。她反仆在地上，直挺着身子，双手纠着一把青草，尖着她的小鼻子尽磨尽闻尽亲。"你疯了，腴腴！不怕人家笑话，多大的孩子，到了乡下来学叭儿狗打滚！"她妈嗔了。她要是真有一根矮矮的尾巴，她准会使劲的摇；这来其实是乐极了，她从没有这样乐过。现在她没有尾巴，她就摇着她的一双瘦小的脚踝，一面手支着地，扭过头来直嚷："娘！你不知道我多乐，我活了二十来岁，就不知道地上的青草可以叫我乐得发疯。娘！你也不好，尽逼着我念书，要不然就骂我，也不叫我闻闻青草是什么味儿！"她声音都哑了，两只眼里绽出两朵大眼泪，在日光里亮着，像是一对水晶灯。

　　真的，她自己想着也觉得可笑；怎么的二十来岁的一位大姑娘，连草味儿都没闻着过？还有这草的颜色，青的多嫩呀，像是快往下吊的水滴似的。真可爱！她又亲了一口。比什么珠子宝贝都可爱，这青草准是活的，有灵性的；就可惜你不知道她的名字，要不然你叫她一声她准会甜甜的答应你，比阿秀那丫头的声音蜜甜的多。她简直的爱上了她手里捧着的草瓣儿，她心里一阵子的发酸，一颗粗粗的眼泪直掉了下来，真巧，恰好吊在那草瓣儿上，沾着一点儿，草儿微微的动着，对！她真懂得我，她也一定替我难受。这一想开；她也不哭了。她爬了起来，她的淡灰色的哔叽裙上沾着好几块的泥印，像是绣上了绣球花似的，顶好玩，她空举着一双手也不去拂拭心里觉得顶痛快的，那半涩半香的青草味儿还在她的鼻孔里轻轻的逗着，仿佛说别忘了我别忘了我。她妈看着她那傻劲儿，实在舍不得再随口骂，伸手拉一拉自己的衣襟走上一步，软着声音说，"腴腴，不要疯了，快走吧。"

　　腴玉那晚睡在船上。这小航船已经够好玩，一个大箱子似的船舱，上面盖着芦席，两边两块顶中间嵌小方玻璃的小木窗，左边一块破了一角，右边一块长着几块疙疸儿像是水泡疮；那船梢更好玩，翘得高高的像是乡下老太太梳的元宝髻。开船的时候，那赤腿赤脚的船家就把那支又笨又重的橹安上了船尾尖上的小铁锤儿，那磨得铄亮的小铁拳儿，船家的大脚拇指往前一扁一使劲，那橹儿就推着一股水叫一声"姓纪"，船家的脚跟向后一顿，身子一仰，那橹儿就扳着一股水叫一声"姓贾"，这一纪一贾，这只怪可怜的小航船儿就在水面上晃着她的黄鱼口似的船头直向前溜，底下托托的一阵水响怪招痒的。腴玉初下船时受不惯，真的打上了好几个寒噤，但要不了半个钟头就惯了。她倒不怕晕，她在垫褥上盘腿坐着，臂膀靠着窗，看一路的景致，什么都是从不曾见过似的，什么都好玩——那横肚里长出来的树根像老头儿脱尽了牙的下巴，在风里摇摆着的芦梗，在水边洗澡的老鸦，露出半个头一条脊背的水牛，蹲在石渡上洗衣服的乡下女孩子，仰着她那一块黄糙布似的脸子呆呆的看船，旁边站着男小孩子，不满四岁光景，头顶笔竖着一根小尾巴，脸上画着泥花，手里拿着树条，他也呆呆的看船。这一路来腆玉不住的叫着妈：这多好玩，那多好玩；她恨不得自己也是个乡下孩子，整天去弄水弄泥没有人管，但是顶有趣的是那水车，活像是一条龙，一斑斑的龙鳞从水里往上爬；乡下人真聪明，她心里想，这一来河里的水就到了田里去，谁说乡下人不机灵？喔，你看女人也来踏水的，你看他们多乐呀，两个女的，一个男的，六条腿忙得什么似的尽踩，有一个长得顶秀气，头上还戴花哪，她看着我们船直笑。妈你听呀，这不是真正的山歌！什么李花儿、桃花儿的我听不清，好听，妈，谁说做乡下人苦，你看他们做工都是顶乐的，赶明儿我外国去了回来一定到乡下来做乡下人，踏水车儿唱山歌，我真干，妈，你信不信？

她妈领着她替她的祖母看坟地来的。看地不是她的事；她这来一半天的工夫见识可长了不少。真的，你平常不出门你永远不得知道你自个儿的见识多么浅陋得可怕，连一个七八岁的乡下姑娘都赶不上，你信不信？可不是我方才拿着麦子叫稻，点着珍珠米梗子叫芋头，招人家笑话。难为情，芋头都认不清，那光头儿的大荷叶多美；榆钱儿也好玩，真像小钱，我书上念过，可从没有见过，我捡了十几个整圆的拿回去给妹妹看。还有那瓜蔓也有趣，像是葡萄藤，沿着棚匀匀的爬着，方才那红眼的小养媳妇告诉我那是南瓜，到了

巴黎的鳞爪·轮盘小说集

· 145 ·

夏天长得顶大顶大的，有头二十斤重，挂在这细条子上，风
吹雨打都不易吊，你说这天下的东西造的多伶巧多奇怪呀。
这晚上她睡在船舱里怎么也睡不着。腿有点儿酸，白天路跑
多了。眼也酸，可又合不紧，还是开着吧。舱间里黑沉沉的，
妈已经睡着了，外舱老妈子丫头在那儿怪寒伧的打呼。她偏
睡不着，脑筋里新来的影子真不少，像是家里有事情屋子里
满了的全是外来的客，有的脸熟，有的不熟；又像是迎会，
一道道的迎过去；又像是走马灯，转了去又回来了。一纪一
贾的橹声，轧轧的水车，那水面露着的水牛鼻子，那一田的
芋头叶，那小孩儿的赤腿，吃晚饭时乡下人拿进来那碗螺丝
肉，桃花李花的山歌，那座小木桥，那家带卖茶的财神庙，
那河边青草的味儿……全在这儿，全在她的脑壳里挤着，也
许他们从此不出去了。这新来客一多，原来的家里人倒像是
躲起来了，腴玉，这天以前的腴玉，她的思想，她的生活，
她的烦恼，她的忧愁，全躲起来了，全让这芋头水牛鼻子螺
丝肉挤跑了，她仿佛是另投了胎，换了一个人似的，就连睡
在她身边的妈都像是离得很远，简直不像是她亲娘，她仿佛
变了那赤着腿脸上涂着泥手里拿着树条站在河边瞪着眼的小
孩儿，不再是她原来的自己。哦，她的梦思风车似的转着，
往外跳的谷皮全是这一天的新经验，与那二十年间在城市生
长养大的她绝对的联不起来，这是怎么回事……

　　她翻过身去，那块长疙疸的小玻璃窗外天光望见了她。
咦，她果然是在一只小航船里躺着，并不是做梦。窗外白白
的是什么光呀，她一仰头正对着岸上那株老榆树顶上爬着的
几条月亮，本来是个满月，现在让榆树叶子揉碎了。那边还

有一颗顶亮的星，离着月亮不远，腴玉益发的清醒了。这时船身也微微的侧动，船尾那里隐隐的听出水声，像是虫咬什么似的响着，远远有风声，狗叫声也分明的听着，她们果然是在一个荒僻的乡下过夜，也不觉得害怕，多好玩呀！再看那榆树顶上的月亮，这月色多清，一条条的光亮直打到你眼里呀，叫你心窝里一阵阵的发冷，叫你什么也愿意想着的事情全想了起来，呀，这月光……

　　这一转身，一见月光，二十年的她就像孔雀开屏似的花斑斑的又支上了心来。满屋子的客人影子都不见了。她心里一阵子发冷，她还是她，她的忧愁，她的烦恼，压根儿就没有离着她——她妈也转了一个身，她的迟重的呼吸就在她的身旁。

肉艳的巴黎

　　我在巴黎时常去看一个朋友，他是一个画家，住在一条闻着鱼腥的小街底头一所老屋子的顶上一个 A 字式的尖阁里，光线昏暗得怕人，白天就靠两块日光胰子大小的玻璃窗给装装榥，反正住的人不嫌就得，他是照例不过正午不起身，不近天亮不上床的一位先生，下午他也不居家，起码总得上灯的时候，他才脱下了外褂，露出两条破烂的臂膀，埋身在他那艳丽的垃圾窝里开始他的工作。

　　艳丽的垃圾窝——它本身就是一幅妙画！我说给你听听。贴墙有精窄的一条上面盖着黑毛毯的算是他的床，在这上面就准你规规矩矩的躺着，不说起坐一定扎脑袋，就连翻身也不免冒犯斜着下来永远不退让的屋顶先生的身份！承着顶尖全屋子顶宽舒的部分放着他的书桌——我捏着一把汗叫它书桌，其实还用提吗，上边什么法宝都有，画册子、稿本、黑炭、颜色盘子、烂袜子、领结、软领子、热水瓶子压瘪了的，烧干了的酒精灯、电筒、各色的药瓶、彩油器、脏手绢、断头的笔杆、没有盖的黑水瓶子、一柄手枪，那是瞒不过我化七法郎在密歇耳大街路旁旧货摊上换来的，照相镜子、小手镜、断齿的梳子、蜜膏、晚上喝不完的咖啡杯、详梦的小书，还有——还有可疑的小纸盒儿，凡士林一类的油膏，……一只破木板箱一头漆着名字，上面蒙着一块灰色布的是他的梳妆台兼书架，一个洋磁面盆，半盆的胰子水似乎都叫一部旧版的卢骚集子给饕了去，一顶便帽套在洋瓷长提壶的耳柄上，从袋底里倒出来的小铜钱错乱的散着，像是土耳其人的符咒，几只稀小烂苹果围着一条破香蕉，像是一群大学教授们围着一个教育次长索薪……

　　壁上看得更斑斓了：这是我顶得意的一张庞那的底稿当废纸买来的，那是我临蒙内的裸体，不十分行，我来撩起灯罩你可以看清楚一点，草色太浓了，那膝部画坏了，那一小幅更名贵，你认是谁，罗丹的！那是我前年最大的运气，也算是错来的，老巴黎就是这点子便宜，挨了半年八个月的饿不要紧，只要有机会捞着真东西，这还不值得！那边一张挤在两幅油画缝里的，你见了没有，也是有来历的，是我前年趁马克倒霉路过佛兰克福德时夹手抢来的，是真的孟察尔都难说，就差糊了一点，现在你给三千佛郎我都不卖，加倍再加倍都值，你信不信？再看那一长条……在他那手指东点西的卖弄他的家珍的时候，你竟会忘了你站着的地方是不够六尺阔的一间阁楼，倒像跨在你头顶那两片斜着下来的屋顶，也顺着他那艺术谈法术似的隐了去，露出一个爽垲的高天，壁上的疙瘩、壁蟢窠、霉块、钉疤，全化成了哥罗画帧中"飘飘欲化烟"的最美丽的林树与轻快的流涧；桌上的破领带、

巴黎的鳞爪·轮盘小说集

手绢、烂香蕉、臭袜子等等，也全变形成戴大阔边稻草帽的
牧童们，偎着树打盹的，牵着牛在涧里喝水的，手反衬着脑
袋放平在青草地上瞪眼看天的，斜眼溜着那边走进来的姑娘
们手按着音腔吹横笛的——可不是，那边来了一群姑娘们，
全是年岁青青的，露着胸膛，散着头发，还有光着白腿的在
青草地上跳着来了……唵！小心扎脑袋，这屋子真扁纽，你
出什么神来了？想着你的BelAmi对不对？你到巴黎快半个月
了，该早有落儿了，这年头收成真容易——吮，太容易了！
谁说巴黎不是理想的地狱？你吸烟斗吗？这儿有自来火。对
不起，屋子里除了床，就是那张弹簧早经追悼了的沙发，你
坐坐吧，给你一个垫子，这是全屋子顶温柔的一样东西。

　　不错，那沙发，这阁楼上要没有那张沙发，主人的风格
就落了一个极重要的原素。说它肚子里的弹簧完全没了劲，
在主人说是太谦，在我说是简直污蔑了它。因为分明有一部
分内簧是不曾死透的，那在正中间，看来倒像是一座分水岭，
左右都是往下倾的，我初坐下时不提防它还有弹力，倒叫我
骇了一下；靠手的套布可真是全霉了，露着黑黑黄黄不知是
什么货色，活像主人衬衫的袖子。我正落了坐，他咬了咬嘴
唇翻一翻眼珠微微的笑了。笑什么了你？我笑——你坐上沙
发那样儿叫我想起爱菱。爱菱是谁？她呀——她是我第一个
模特儿。模特儿？你的？你的破房子还有模特儿，你这穷鬼
化得起……别急，究竟是中国初来的，听了模特儿就这样的
起劲，看你那脖子都上了红印了！本来不算事，当然，可是
我说像你这样破鸡棚……破鸡棚便怎么样，耶稣生在马号里
的，安琪儿们都在马矢里跪着礼拜哪！别忙，好朋友，我请

你听。如其巴黎人有一个好处，他就是不势利！中国人顶糟了，这一点；穷人有穷人的势利，阔人有阔人的势利，半不阑珊有半不阑珊的势利——那才是半开化，才是野蛮！你看像我这样子，头发像刺猬，八九天不刮的破胡子，半年不收拾的脏衣服，鞋带扣不上的皮鞋——要在中国，谁不叫我外国叫化子，哪配进北京饭店一类的势利场；可是在巴黎，我就这样儿随便问哪一个衣服顶漂亮脖子搽得顶香的娘们跳舞，十回就有九回成，你信不信？至于模特儿，那更不成话，哪有在巴黎学美术的，不论多穷，一年里不换十来个眼珠亮亮的来坐样儿？房子破更算什么？波希民的生活就是这样，按你说模特儿就不该坐坏沙发，你得准备杏黄贡缎绣丹凤朝阳做垫的太师椅请她坐你才安心对不对？再说……

别再说了！算我少见世面，算我是乡下老蒙，得了；可是说起模特儿，我倒有点好奇，你无妨讲些经验给我长长见识？有真好的没有？我们在美术院里见着的什么维纳丝得米罗、维纳丝梅第妻，还有铁青的、鲁班师、鲍弟千里的、丁稻来笃的、箕奥其安内的裸体实在是太美，太理想、太不可能，太不可思议；反面说，新派的比如雪尼约克的，玛提斯的，塞尚的，高耿的，弗郎剌马克的，又是太丑，太损，太不像人，一样的太不可能，太不可思议。人体美，究竟怎么一回事？我们不幸生长在中国女人衣服一直穿到下巴底下腰身与后部看不出多大分别的世界里，实在是太蒙昧无知，太不开眼。可是再说呢，东方人也许根本就不该叫人开眼的，你看过约翰巴里士那本《沙扬娜拉》没有，他那一段形容一个日本裸体舞女——就是一张脸子粉搽得像棺材里爬起来

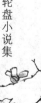

的颜色，此外耳朵以后下巴以下就比如一节蒸不透的珍珠米！——看了真叫人恶心。你们学美术的才有第一手的经验，我倒是……

你倒是真有点羡慕，对不对？不怪你，人总是人。不瞒你说，我学画画原来的动机也就是这点子对人体秘密的好奇。你说我穷相，不错，我真是穷，饭都吃不出，衣都穿不全，可是模特儿——我怎么也省不了。这看人体美的欣赏在我已经成了一种生理的要求，必要的奢侈，不可摆脱的嗜好；我宁可少吃俭穿，省下几个佛郎来多雇几个模特儿。你简直可以说我是着了迷，成了病，发了疯，爱说什么就什么，我都承认——我就不能一天没有一个精光的女人躺在我的面前供养，安慰，喂饱我的"眼淫"。当初罗丹我猜也一定与我一样的狼狈，据说他那房子里老是有剥光的女人，也不为坐样儿，单看她们日常生活"实际的"多变化的姿态——他是一个牧羊人，成天看着一群剥了毛皮的驯羊！鲁班师那位穷凶极恶的大手笔，说是常难为他太太做模特儿，结果因为他成天不断的画他太太竟许连穿裤子的空儿都难得有！但如果这话是真的，鲁班师还是太傻，难怪他那画里的女人都是这剥白猪似的单调，少变化；美的分配在人体上是极神秘的一个现象，我不信有理想的全材，不论男女，我想几乎是不可能的；上帝拿着一把颜色望地面上撒，玫瑰、罗兰、石榴、玉簪、剪秋罗，各样都沾到了一种或几种的彩泽，但决没有一种花包涵所有的可能的色调的，那如其有，按理论讲，岂不是又得回复了没颜色的本相？人体美也是这样的，有的美在胸部，有的腰部，有的下部，有的头发，有的手，有的脚踝，那不可理解的骨格、筋肉、肌肤的会合，形成各各不同的线条，色调的变化，皮面的涨度，毛管的分配，天色的姿态，不可制止的表情——也得你不怕麻烦细心体会发见去，上帝没有这样便宜你的事情，他决不给你一个具体的绝对美，如果有我们所有艺术的努力就没有了意义；巧妙就在你明知这山里有金子，可是在哪一点你得自己下工夫去找。阿！说起这艺术家审美的本能，我真要闭着眼感谢上帝——要不是它，岂不是所有人体的美，说窄一点，都变了古长安道上历代帝王的墓窟，全叫一层或几层薄薄的衣服给埋没了！回头我给你看我那张破床底下有一本宝贝，我这十年血汗辛苦的成绩——千把张的人体临摹，而且十分之九是在这间破鸡棚里钩下的，别看低我这张弹簧早经追悼的沙发，这上面落坐过至少一二百个当得起美字的女人！别提专门做模特儿的，巴黎哪一个不知道俺家黄脸什么，那不算希奇，我自负的是我独到的发见：一半因为看多了缘故，女人肉的引诱在我差不多完全消灭在美的欣赏里面，结果在我这双"淫眼"看来，一丝不挂的女人就同紫霞宫里翻出来的尸首穿得重重密密的摇不动我的性欲，反面说当真穿着整齐的女人，不论她在人堆里站着，在路上走着，只要我的眼到，她的衣服的障碍就无形的消灭，正如老练的矿师一瞥就认出矿苗，我这美术本能也是一瞥就认出"美苗"，一百次里错不了一次；每回发见了可能的时候，我就非想法找到她剥光了她叫我看个满意不成，上帝保佑这文明的巴黎，我失望的时候真难得有！我记得有一次在戏院子看着了一个贵妇人，实在没法想（我当然试来）我那难受就不用提了，比发疟疾还难受——她那特长分明是在小腹与……

够了够了！我倒叫你说得心痒痒的；人体美！这门学问，这门福气，我们不幸生长在东方谁有机会研究享受过来？可是我既然到了巴黎，又幸气碰着你，我倒真想叨你的光开开我的眼，你得替我想法，要找在你这宏富的经验中比较最贴近理想的一个看看……

你又错了！什么，你意思，花就许巴黎的花香，人体就许巴黎的美吗？太灭自己的威风了！别信那巴里士什么《沙扬娜拉》的胡说；听我说，正如东方的玫瑰不比西方的玫瑰差什么香味，东方的人体得到相当的栽培以后，也同样不能比西方的人体差什么美——除了天然的限度，比如骨格的大小，皮肤的色彩。同时顶要紧的当然要你自己性灵里有审美的活动，你得有眼睛，要不然这宇宙不论它本身多美多神奇，在你还是白来的。我在巴黎苦过这十年，就为前途有一个宏愿：我要张大了我这经过训练的"淫眼"，到东方去发现人体美——谁说我没有大文章做出来？至于你要借我的光开开眼，那是最容易不过的事情，可是我想想——可惜了！有个马达姆朗洒，原先在巴黎大学当物理讲师的，你看了准忘不了，现在可不在了，到伦敦去了；还有一个马达姆薛托漾，她是远在南边乡下开面包铺子的，她就够打倒你所有的丁稻来笃，所有的铁青，所有的箕奥其安内——尤其是给你这未入流看，长得太美了，她通体就看不出一根骨头的影子，全叫匀匀的肉给隐住的，圆的，润的，有一致节奏的，那妙是一百个哥蒂霭也形容不全的，尤其是她那腰以下的结构，真是奇迹！你从意大利来该见过西龙尼维纳丝的残象，就那也只能仿佛，你不知道那活的气息的神奇，什么大艺术天才都没法移植到画布上或是石塑上去的（因此我常常自己心里辩论究竟是艺术高出自然还是自然高出艺术，我怕上帝僭先的机会毕竟比凡人多些；）不提别的单就她站在那里你看，从小腹接圣上股那两条交会的弧线起直往下贯到脚着地处止，那肉的浪纹就比是——实在是无可比——你梦里听着的音乐；不可信的轻柔，不可信的匀净，不可信的韵味——说粗一点，那两股相并处的一条线直贯到底；不漏一屑的破绽，你想通过一根发丝或是吹度一丝风息都是绝对不可能的——但同时又决不是肥肉的黏着，那就呆了。真是梦！唉，就可惜多美一个天才偏叫一个六尺三高长红胡子的面包师给糟蹋了；真的这世上的因缘说来真怪，我很少看见美妇人不嫁给猴子类、牛类、水马类的丑男人！但这是笑话。眼前我招得到的，够资格的也就不少——有了，方才你坐上这沙发的时候叫我想起了爱菱，也许你与她有缘分，我就为你招她去吧，我想应该可以容易招到的。可是上哪儿呢？这屋子终究不是欣赏美妇人的理想背景，第一不够开展，第二光线不够——至少为外行人像你一类着想……我有了一个顶好的主意，你远来客我也该独出心裁招待你一次，好在爱菱与我特别的熟，我要她怎么她就怎么；暂且约定后天吧，你上午十二点到我这里来，我们一同到芳丹薄罗的大森林里去，那是我常游的地方，尤其是阿房奇石相近一带，那边有的是天然的地毯，这一时是自然最妖艳的日子，草青得滴得出翠来，树绿得涨得出油来，松鼠满地满树都是，也不很怕人，顶好玩的，我们决计到那一带去秘密野餐吧——至于"开眼"的话，我包你一个

巴黎的鳞爪·轮盘小说集

百二十分的满足，将来一定是你从欧洲带回家最不易磨灭的一个印象！一切有我布置去，你要是愿意贡献的话，也不用别的，就要你多买大杨梅，再带一瓶橘子酒，一瓶绿酒，我们享半天闲福去。现在我讲得也累了，我得躺一会儿，我拿我床底下那本秘本给你先揣摹揣摹……

隔一天我们从芳丹薄罗林子里回巴黎的时候，我仿佛刚做了一个最荒唐，最艳丽，最秘密的梦。

"浓得化不开"（星加坡）

　　大雨点打上芭蕉有铜盘的声音，怪。"红心蕉"，多美的字面。红得浓得好。要红，要热，要烈，就得浓，浓得化不开，树胶似的才有意思，"我的心像芭蕉的心，红……"不成！"紧紧的卷着，我的红浓的芭蕉的心……"更不成。趁早别再诌什么诗了。自然的变化，只要你有眼，随时随地都是绝妙的诗。完全天生的。白做就不成。看这骤雨，这万千雨点奔腾的气势，这迷蒙，这渲染，看这一小方草生受这暴雨的侵凌，鞭打，针刺，脚踹，可怜的小草，无辜的……可是慢着，你说小草要是会说话。它们会嚷痛，会叫冤不？难说他们就爱这门儿——出其不意的，使蛮劲的，太急一些，当然，可这正见情热，谁说这外表的凶狠不是变相的爱。有人就爱这急劲儿！

　　再说小草儿吃亏了没有，让急雨狼虎似的胡亲了这一阵子？别说了，它们这才真漏着喜色哪，绿得发亮，油得生油，绿得放光。它们这才乐哪！

· 157 ·

呒，一首淫诗。蕉心红得浓，绿草绿成油。本来末，自然就是淫，它那从来不知厌满的创化欲的表现还不是淫：淫，甚也。不说别的，这雨后的泥草间就是万千小生物的胎宫，蚊虫，甲虫，长脚虫，青跳虫，慕光明的小生灵，人类的大敌。热带的自然更显得浓厚，更显得猖狂，更显得淫，夜晚的星都显得玲珑些，像要向你说话半开的妙口似的。

可是这一个人耽在旅舍里看雨，够多凄凉。上街不知向哪儿转，一只熟脸都看不见，话都说不通，天又快黑，胡湿的地，你上哪儿去？得。"有孤王……"一个小声音从廉枫的嗓子里自己唱了出来。"坐至在梅……"怎么了！哼起京调来了？一想着单身就转着梅龙镇，再转就该是李凤姐了吧，哼！好，从高超的诗思堕落到腐败的戏腔！可是京戏也不一定是腐败，何必一定得跟着现代人学势利？正德皇帝在梅龙镇上，林廉枫在星家坡。他有凤姐，我——惭愧没有。廉枫的眼前晃着舞台上凤姐的倩影，曳着围巾，托着盘，踩着跷。"自幼儿"……去你的！可是这闷是真的。雨后的天黑得更快，黑影一幕幕的直盖下来，麻雀儿都回家了。干什么好呢？有什么可干的？这叫做孤单的况味。这叫做闷。怪不得唐明皇在斜谷口听着栈道中的雨声难过，良心发见，想着玉环……我负了卿，负了卿……转自忆荒茔——呒，又是戏！又不是戏迷，左哼右哼哼什么的！出门吧。

廉枫跳上了一架厂车，也不向那带回子帽的马来人开口，就用手比了一个丢圈子的手势。那马来人完全了解，脑袋微微的一侧，车就开了。焦桃片似的店房，黑芝麻长条饼似的街，野兽似的汽车，磕头虫似的人力车，长人似的树，矮树似的人。廉枫在急掣的车上快镜似的收着模糊的影片，同时顶头风刮得他本来梳整齐的分边的头发直向后冲，有几根沾着他的眼皮痒痒的舐，掠上了又下来，怪难受的。这风可真凉爽，皮肤上，毛孔里，哪儿都受用，像是在最温柔的水波里游泳。做鱼的快乐。气流似乎是密一点，显得沉。一只疏荡的胳膊压在你的心窝上……确是有肉糜的气息，浓得化不开。快，快，芭蕉的巨灵掌，椰子树的旗头，橡皮树的白鼓眼，棕榈树的毛大腿，合欢树的红花痫，无花果树的要饭腔，蹲着脖子，弯着臂膊……快，快，马来人的花棚，中国人家的鬓灯，西洋人家的牛奶瓶，回子的回子帽，一脸的黑花，活像一只煨灶的猫……

车忽然停住在那有名的猪水潭的时候，廉枫快活的心轮转得比车轮更显得快，这一顿才把他从幻想里舁了回来。这时候旅困是完全叫风给刮散了。风也刮散了天空的云，大狗星张着大眼霸占着东半天，猎夫只看见两只腿，天马也只漏半身，吐鲁士牛大哥只翘着一支小尾。咦，居然有湖心亭。这是谁的主意？红毛人都雅化了，唉。不坏，黄昏未死的紫曛，湖边丛林的倒影，林树间艳艳的红灯，瘦玲玲的窄堤桥连通着湖亭。水面上若无若有的涟漪，天顶几颗疏散的星。真不坏。但他走上堤桥不到半路就发见那亭子里一齿齿的把柄，原来这是为安量水表的，可这也将就，反正轮廓是一座湖亭，平湖秋月……吭，有人在哪！这回他发见的是靠亭阑的一双人影，本来是糊成一饼的，他一走近打搅了他们。"道歉，有扰清兴，但我还不只是一朵游云，虑俺作甚。"廉枫默诵着他戏白的念头，粗粗望了望湖，转身走了回去。"苟……"

巴黎的鳞爪·轮盘小说集

他坐上车起首想，但他记起了烟卷，忙着在风尖上划火，下文如其有，也在他第一喷龙卷烟里没了。

廉枫回进旅店门仿佛又投进了昏沉的圈套，一阵热，一阵烦，又压上了他在晚凉中疏爽了来的心胸。他正想叹一口安命的气走上楼去，他忽然感到一股彩流的袭击从右首窗边的桌座上飞骠了过来。一种巧妙的敏锐的刺激，一种浓艳的警告，一种不是没有美感的迷惑。只有在巴黎晦盲的市街上走进新派的画店时，仿佛感到过相类的惊惧。一张佛拉明果的野景，一幅玛提斯的窗景，或是佛朗次马克的一方人头马面。或是马克夏高尔一个卖菜老头。可这是怎么了，那窗边又没有挂什么未来派的画，廉枫最初感觉到的是一球大红，像是火焰；其次是一片乌黑，墨晶似的浓，可又花须似的轻柔；再次是一流蜜，金漾漾的一泻，再次是朱古律（Chocolate），饱和着奶油最可口的朱古律。这些色感因为浓初来显得凌乱，但瞬息间线条和轮廓的辨认笼住了色彩的蓬勃的波流。廉枫幽幽的喘了一口气。"一个黑女人，什么了！"可是多妖艳的一个黑女，这打扮真是绝了，艺术的手腕神化了天生的材料，好！乌黑的惺忪的是她的发，红的是一边鬓角上的插花，蜜色是她的玲巧的挂肩，朱古律是姑娘的肌肤的鲜艳，得儿朗打打，得儿铃丁丁……廉枫停步在楼梯边的欣赏不期然的流成了新韵。

"还漏了一点小小的却也不可少的点缀，她一只手腕上还带着一小支金环哪"。廉枫上楼进了房还是尽转着这绝妙的诗题——色香味俱全的奶油朱古律，耐宿儿老牌，两个便士一厚块，拿铜子往轧缝里放，一，二，再拉那铁环，喂，一块印金字红纸包的耐宿儿奶油朱古律。可口！最早黑人上画的怕是孟内那张《奥林匹亚》吧，有心机的画家，廉枫躺在床上在脑筋里翻着近代的画史。有心机有胆识的画家，他不但敢用黑，而且敢用黑来衬托黑，唉，那斜躺着的奥林比亚不是鬓上也插着一朵花吗？底下的那位很有点像奥林比亚的抄本，就是白的变黑了。但最早对朱古律的肉色表示敬意的可还得让还高根，对了，就是那味儿，浓得化不开，他为人间，发见了朱古律皮肉的色香味，他那本 Noa, Noa 是二十世纪的"新生命"——到半开化，全野蛮的风土间去发见文化的本真，开辟文艺的新感觉……

但底下那位朱古律姑娘倒是作什么的？作什么的，傻子！她是一个人道主义者，一筏普济的慈航，他是赈灾的特派员，她是来慰藉旅人的幽独的。可惜不曾看清她的眉目，望去只觉得浓，浓得化不开，谁知道她眉清还是目秀。眉清目秀！思想落后！唯美派的新字典上没有这类腐败的字眼。且不管她眉目，她那姿态确是动人，怯怜怜的，简直是秀丽，衣服也剪裁得好，一头蓬松的乌霞就耐人寻味。"好花儿出至在僻岛上！"廉枫闭着眼又哼上了……

"谁？"悉窣的门响将他从床上惊跳了起来，门慢慢的自己开着，廉枫的眼前一亮，红的！一朵花！是她！进来了，这怎么好！镇定，傻子，这怕什么。

她果然进来了，红的，蜜的，乌的，金的，朱古律，耐宿儿，奶油，全进来了，你不许我进来吗？朱古律笑口的低声的唱着，反手关上了门。这回眉目认得清楚了。清秀，秀丽，韶丽；不成，实在得另翻一本字典，可是"妖艳"，总合

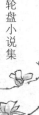

得上。廉枫迷胡的脑筋里挂上了"妖""艳"两个大字。朱古律姑娘也不等请，已经自己坐上了廉枫的床沿。你倒像是怕我似的，我又不是马来半岛上的老虎！朱古律的浓重的色浓重的香团团围裹住了半心跳的旅客。浓得化不开！李凤姐，李凤姐，这不是你要的好花儿自己来了！笼着金环的一支手腕放上了他的身，紫姜的一支小手把住了他的手。廉枫从没有知道他自己的手有那样的白。"等你家哥哥回来"……廉枫觉得他自己变了骤雨下的小草，不知道是好过，也不知道是难受。湖心亭上那一饼子黑影。大自然的创化欲。你不爱我吗？朱古律的声音也动人——脆，幽，媚。一只青蛙跳进了池潭，扑崔！猎夫该从林子里跑出来了吧？你不爱我吗？我知道你爱，方才你在楼梯边看我我就知道，对不对亲孩子？紫姜辣上了他的面庞，救驾！快辣上他的口唇了。可怜的孩子，一个人住着也不嫌冷清，你瞧，这胖胖的荷兰老婆都让你抱瘪了，你不害臊吗？廉枫一看果然那荷兰老婆让他给挤扁了，他不由的觉得脸有些发烧。我来做你的老婆好不好？朱古律的乌云都盖下来了。"有孤王……"使不得。朱古律，盖苏文，青面獠牙的……"干米一家的姑母，"血盆的大口，高耸的颧骨，狼嗥的笑响……鞭打，针刺，脚踢——喜色，呸，见鬼！唔，闷死了，不好，茶房！

　　廉枫想叫可是嚷不出，身上油油的觉得全是汗。醒了醒了，可了不得，这心跳得多厉害。荷兰老婆活该遭劫，夹成了一个破烂的葫芦。廉枫觉得口里直发腻，紫姜，朱古律，也不知是什么。浓得化不开。

十七年一月

"浓得化不开"之二（香港）

廉枫到了香港，他见的九龙是几条盘错的运货车的浅轨，似乎有头有尾，有中段，也似乎有隐现的爪牙，甚至在火车头穿度那栅门时似乎有迷漫的云气。中原的念头，虽则有广九车站上高标的大钟的暗示，当然是不能在九龙的云气中幸存。这在事实上也省了许多无谓的感慨。因此眼看着对岸，屋宇像樱花似盛开着的一座山头，如同对着希望的化身，竟然欣欣的上了渡船。从妖龙的脊背上过渡到希望的化身去。

富庶，真富庶，从街角上的水果摊看到中环乃至上环大街的珠宝店；从悬挂得如同 Banyan 树一般繁衍的腊食及海味铺看到穿着定阔花边艳色新装走街的粤女；从石子街的花市看到饭店门口陈列着"时鲜"的花狸金钱豹以及在浑水盂内倦卧着的海狗鱼，唯一的印象是一个不容分析的印象：浓密，琳琅。琳琅琳琅，廉枫似乎听得到钟罄相击的声响。富庶，真富庶。

但看香港，至少玩香港少不了坐吊盘车上山去一趟。这

巴黎的鳞爪·轮盘小说集

吊着上去是有些好玩。海面，海港，海边，都在轴辘声中继续的往下沉。对岸的山，龙蛇似盘旋着的山脉，也往下沉。但单是直落的往下沉还不奇，妙的是一边你自身凭空的往上提，一边绿的一角海，灰的一陇山，白的方的房屋，高直的树，都怪相的一头吊了起来结果是像一幅画斜提着看似的。同时这边的山头从平放的馒头变成侧竖的，山腰里的屋子从横刺里倾斜了去，相近的树木也跟着平行的来。怪极了。原来一个人从来不想到他自己的地位也有不端正的时候；你坐在吊盘车里只觉得眼前的事物都发了疯，倒竖了起来。

但吊盘车的车里也有可注意的。一个女性在廉枫的前几行椅座上坐着。她满不管车外拿大顶的世界，她有她的世界。她坐着，屈着一只腿，脑袋有时枕着椅背，眼向着车顶望，一个手指含在唇齿间。这不由人不注意。她是一个少妇与少女间的年轻女子。这不由人不注意，虽则车外的世界都在那里倒竖着玩。

她在前面走。上山。左转弯，右转弯，宕一个山腰的弧线，她在前面走。沿着山堤，靠着岩壁，转入 Aloe 丛中，绕着一所房舍，抄一折小径，拾几级石磴，她在前面走。如其山路的姿态是婀娜，她的也是的。灵活的山的腰身，灵活的女人的腰身。浓浓的折叠着，融融的松散着。肌肉的神奇！动的神奇！

廉枫心目中的山景，一幅幅的舒展着，有的山背海，有的山套山，有的浓荫，有的巉岩，但不论精粗，每幅的中点总是她，她的动，她的中段的摆动。但当她转入一个比较深奥的山坳时廉枫猛然记起了 Tannhauser 的幸运与命运——吃灵魂的薇纳丝。一样的肥满。前面别是她的洞府呎危险，小心了！

她果然进了她的洞府，她居然也回头看来。她竟然似乎在回头时露着微哂的瓠犀。孩子，你敢吗？那洞府径直的石级像直通上天。她进了洞了。但这时候路旁又发生一个新现象，惊醒了廉枫"邓浩然"的遐想。一个老婆子操着最破烂的粤音问他要钱。她不是化子，至少不是职业的，因为她现成有她体面的职业。她是一个劳工。她是一个挑砖瓦的。挑砖瓦上山因红毛人要造房子。新鲜的是她同时挑着不止一副重担，她的是局段的回复的运输。挑上一担，走上一节路，空身下来再挑一担上去，如此再下再上，再下再上。她不但有了年纪，她并且是个病人。她的喘是哮喘，不仅是登高的喘，她也咳嗽，她有时全身都咳嗽。但她可解释错了。她以为廉枫停步在路中是对她发生了哀怜的趣味；以为看上了她！她实在没有注意到这位年轻人的眼光曾经飞注到云端里的天梯上。她实想不到在这寂寞的山道上会有与她利益相冲突的现象。她当然不能使他失望。当得成全他的慈悲心。她向他伸直了她的一只焦枯得像贝壳似的手，口里呢喃着在她是最软柔的语调。但"她"已经进洞府了。

往更高处去。往顶峰的顶上去。头顶着天，脚踏着地尖，放眼到寥廓的天边，这次的凭眺不是寻常的凭眺。这不是香港，这简直是蓬莱仙岛，廉枫的全身，他的全人，他的全心神，都感到了醡醉，觉得震荡。宇宙的肉身的神奇。动在静中，静在动中的神奇。在一刹那间，在他的眼内，要他的全生命的眼内，这当前的景象幻化成一个神灵的微笑，一折完美的歌调，一朵宇宙的琼花。一朵宇宙的琼花在时空不容分化的仙掌上俄然的擎出了它全盘的灵异。山的起伏，海的起伏，光的起伏；山的颜色，水的颜色，光的颜色——形成了一种不可比况的空灵，一种不可比况的节奏，一种不可比况的谐和。一方宝石，一球纯晶，一颗珠，一个水泡。

　　但这只是一刹那，也许只许一刹那。在这刹那间廉枫觉得他的脉搏都止息了跳动。他化入了宇宙的脉搏。在这刹那间一切都融合了，一切都消纳了，一切都停止了它本体的现象的动作来参加这"刹那的神奇"的伟大的化生。在这刹那间他上山来心头累聚着的杂格的印象与思绪梦似的消失了踪影，倒挂的一角海，龙的爪牙，少妇的腰身，老妇人的手与乞讨的碎琐，薇纳丝的洞府，全没了。但转瞬间现象的世界重复回返。一层纱幕，适才睁眼纵览时顿然揭去的那一层纱幕，重复不容商榷的盖上了大地。在你也回复了各自的辨认的感觉这景色是美，美极了的，但不再是方才那整个的灵异。另一种文法，另一种关键，另一种意义也许，但不再是那个。它的来与它的去，正如恋爱，正如信仰，不是意力可以支配，可以作主的。他这时候可以分别的赏识这一峰是一个秀挺的莲苞，那一屿像一只雄蹲的海豹，或是那湾海像一钩的眉月；他也能欣赏这幅天然画图的色彩与线条的配置，透视的匀整或是别的什么，但他见的只是一座山峰，一湾海，或是一幅画图。他尤其惊讶那波光的灵秀，有的是绿玉，有的是紫晶，有的是琥珀，有的是翡翠，这波光接连着山岚的晴霭，化成一种异样的珠光，扫荡着无际的青空，但就这也是可以指点，可以比况给你身旁的友伴的一类诗意，也不再是初起那回事。

这层遮隔的纱幕是盖定的了。

　　因此廉枫拾步下山时心胸的舒爽与恬适不是不和杂着，虽则是隐隐的，一些无名的惆怅。过山腰时他又飞眼望瞭望那"洞府"，也向路侧寻觅那挑砖瓦的老妇，她还是忙着搬运着她那搬运不完的重担，但她对他犹是对"她"兴趣远不如上山时的那样馥郁了。他到半山的凉座地方坐下来休息时，他的思想几乎完全中止了活动。

"死城"（北京的一晚）

　　廉枫站在前门大街上发怔。正当上灯的时候，西河沿的
那一头还漏着一片焦黄。风算是刮过了，但一路来往的车辆
总不能让道上的灰土安息。他们忙的是什么？翻着皮耳朵的
巡警不仅得用手指，还得用口嚷，还得旋着身体向左右转。
翻了车，碰了人，还不是他的事？声响是杂极了的，但你果
然当心听的话，这匀匀的一片也未始没有它的节奏；有起伏，
有波折，也有间歇。人海里的潮声。廉枫觉得他自己坐着一
叶小艇从一个涛峰上颠渡到又一个涛峰上。他的脚尖在站着
的地方不由的往下一按，仿佛信不过他站着的是坚实的地工。

　　在灰土狂舞的青空兀突着前门的城楼，像一个脑袋，像
一个骷髅。青底白字的方块像是骷髅脸上的窟窿，显着无限
的忧郁，廉枫从不曾想到前门会有这样的面目。它有什么忧
郁？它能有什么忧郁。可也难说，明陵的石人石马，公园的
公理战胜碑，有时不也看得发愁？总像是有满肚的话无从说
起似的。这类东西果然有灵性，能说话，能冲着来往人们打

哈哈，那多有意思！但前门现在只能沉默，只能忍受——忍受黑暗，忍受漫漫的长夜。它即使有话也得过些时候再说，况且它自己的脑壳都已让给蝙蝠们，耗子们做了家，这时候它们正在活功，——它即使能说话也不能说。这年头一座城门都有难言的隐衷，真是的！在黑夜的逼近中，它那壮伟，它那博大，看得多么远，多么孤寂，多么冷。

大街上的神情可是一点也不见孤寂，不见冷。这才是红尘，颜色与光亮的一个斗胜场。够好看的。你要是拿一块绸绢盖在你的脸上再望这一街的红艳，那完全另是一番景象。你没有见过威尼市大运河上的晚照不是？你没有见过纳尔逊大将在地中海口轰打拿破仑舰队不是？你也没有见过四川青城山的朝霞，英伦泰晤士河上雾景不是？好了，这来用手绢一护眼看前门大街——你全见着了一转手解开了无穷的想象的境界，多巧！廉枫搓弄着他那方绸绢，不是不得意他的不期的发见。但他一转身又瞥见了前门城楼的一角，在灰苍中隐现着。

进城吧。大街有什么可看的？那外表的热闹正使人想起丧事人家的鼓吹，越喧阗越显得凄凉。况且他自己的心上又横着一大饼的凉，凉得发痛。仿佛他内心的世界也下了雪，路旁的树枝都蘸着银霜似的。道旁树上的冰花可真是美；直条的，横条的，肥的瘦的，梅花也欠他几分晶莹，又是那恬静的神情，受苦还是含着笑。可不是受苦，小小的生命躲在枝干最中心的纤微里耐着风雪的侵凌——它们那心窝里也有一大饼的凉但它们可不怨；它们明白，它们等着，春风一到它们就可抬头，它们知道，荣华是不断的。生命是悠久的。

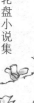

巴黎的鳞爪·轮盘小说集

生命是悠久的。这大冷天，雪风在你的颈根上直刺，虫子潜伏在泥土里等打雷，心窝里带着一饼子的凉，你往哪儿去？上城墙去望望不好吗？屋顶上满铺着银，僵白的树木上也不见恼人的春色，况且那东南角上亮亮的不是上弦的月正在升起吗？月与雪是有默契的。残破的城砖上停留着残雪的斑点，像是无名的伤痕，月光淡淡的斜着来，如同有手指似的抚摩着它的荒凉的伙伴。猎夫星正从天边翻身起来，腰间翘着箭囊，卖弄着他的英勇。西山的屏峦竟许也望得到，青青的几条发丝勾勒着沉郁的暝色，这上面悬照着太白星耀眼的宝光。灵光寺的木叶，秘魔岩的沉寂，香山的冻泉，碧云山的云气，山坳间或有一星二星的火光，在雪意的惨淡里点缀着惨淡的人迹……这算计不错，上城墙去，犯着寒，冒着夜。黑黑的，孤零零的，看月光怎样把我的身影安置到雪地里去。廉枫正走近交民巷一边的城根，听着美国兵营的溜冰场里的一阵笑响，忽然记起这边是帝国主义的禁地，中国人怕不让上去。果然，那一个长六尺高一脸糟瘢守门兵只对他摇了摇脑袋，磨着他满口的橡皮，挺着胸脯来回走他的路。

　　不让进去，辜负了，这荒城，这凉月。这一地的银霜。心头那一饼还是不得疏散。郁得更凉了。不到一个适当的境地你就不敢拿你自己尽量的往外放，你不敢面对你自己；不敢自剖。仿佛也有个糟瘢脸的把着门哪。他不让进去。有人得喝够了酒才敢打倒那糟瘢脸的。有人得仰仗迷醉的月色。人是这软弱。什么都怕，什么都不敢当面认一个清切；最怕看见自己。得！还有什么地方可去的？敢去吗？

　　廉枫抬头望了望星。疏疏的没有几颗。也不显亮。七姊妹倒看得见，挨得紧紧的，像一球珠花。顺着往东去不好吗？往东是顺的。地球也是这么走。但这陌生的胡同在夜晚，觉得多深沉，多窈远。单这静就怕人。半天也不见一副卖萝卜或是卖杂吃的小担。他们那一个小火，照出红是红青是青的，在深巷里显得多可亲，多玲珑，还有他们那叫卖声，虽则有时曳长得叫人听了悲酸，也是深巷里不可少的点缀。就像是空白的墙壁上挂上了字画，不论精粗，多少添上一点人间的趣味。你看他们把担子歇在一家门口，站直了身子，昂着脑袋，裂着大口唱——唱得脖子里筋都暴起了。这来邻近哪家都不能不听见。那调儿且在那空气里转着哪——他们自个儿的口鼻间蓬蓬的晃着一团的白云。

今晚什么都没有。狗都不见一只。家门全是关得紧紧的。墙壁上的油灯——一小米的火——活像是鬼给点上的，方便鬼的。骡马车碾烂的雪地，在这鬼火的影映下，都满是鬼意。鬼来跳舞过的。化子门叫雪给埋了。口袋里有的是铜子，要见着化子，在这年头，还有不布施的？静：空虚的静，墓底的静。这胡同简直没有个底。方才拐了没有？廉枫望了望星知道方向没有变。总得有个尽头，赶着走吧。

走完了胡同看了一个旷场。白茫茫的。头顶星显得更多更亮了。猎夫早就全身披挂的支起来了，狗在那一头领着路。大熊也见了。廉枫打了一个寒噤。他走到了一座坟山。外国人的，在这城根。也不知怎么的，门没有关上。他进了门。这儿地上的雪比道上的白得多，松松的满没有斑点。月光正照着。墓碑有不少，疏朗朗的排列着，一直到黑巍巍的城根。有高的，有矮的，也有雕镂着形象的。悄悄的全戴着雪帽，盖着雪被，悄悄的全躺着。这倒有意思，月下来拜会洋鬼子，廉枫叹了一口气。他走近一个墓墩，拂去了石上的雪，坐了下去。石上刻着字，许是金的，可不易辨认。廉枫拿手指去摸那字迹。冷极了！那雪腌过的石板啄墨纸似的猛收着他手指上的体温。冷得发僵，感觉都失了。他哈了口气再摸，仿佛人家不愿意你非得请教姓名似的。摸着了，原来是一位姑娘，FRAULEINELIZABERKSON。还得问几岁！这字小更费事，可总得知道。早三年死的。二十八除六是二十二。呀，一位妙年姑娘，才二十二岁的！廉枫感到一种奇异的战栗，从他的指尖上直通到发尖；仿佛身背有一个黑影子在晃动。但雪地上只有淡白的月光。黑影子是他自己的。

　　做梦也不易梦到这般境界。我陪着你哪，外国来的姑娘。廉枫的肢体在夜凉里冻得发了麻，就是胸潭里一颗心热热的跳着，应和着头顶明星的闪动。人是这软弱，他非得要同情。盘踞在肝肠深处的那些非得要一个尽情倾吐的机会。活的时候得不着，临死，只要一口气不曾断，还非得招承。眼珠已经褪了光，发音都不得清楚，他一样非得忏悔。非得到永别生的时候人才有胆量，才没有顾忌。每一个灵魂里都安着一点谎。谎能进天堂吗？你不是也对那穿黑长袍胸前挂金十字的老先生说了你要说的话才安心到这石块底下躺着不是，贝克生姑娘？我还不死哪。但这静定的夜景是多大一个引诱！我觉得我的身子已经死了，就只一点子灵性在一个梦世界的浪花里浮萍似的飘着。空灵，安逸。梦世界是没有墙围的。没有涯涣的。你得宽恕我的无状，在昏夜里踞坐在你的寝次，姑娘。但我已然感到一种超凡的宁静，一种解放，一种莹澈的自由。这也许是你的灵感——你与雪地上的月影。

我不能承受你的智慧，但你却不能吝惜你的容忍。我不是你的谁，不是你的朋友，不是你的相知，但你不能不认识我现在向你诉说的忧愁，你——廉枫的手在石板的一头触到了冻僵的一束什么。一把萎谢了的花——玫瑰。有三朵，叫雪给腌僵了。他亲了亲花瓣上的冻雪。我羡慕你在人间还有未断的恩情，姑娘，但这也是个累赘，说到彻底的话。这三朵香艳的花放上你的头边——他或是你的亲属或是你的知己——你不能不生感动不是？我也曾经亲自到山谷里去采集野香去安放在我的她的头边。我的热泪滴上冰冷的石块时，我不能怀疑她在泥土里或在星天外也含着悲酸在体念我的情意。但她是远在天的又一方，我今晚只能借景来抒解我的苦辛。

人生是辛苦的。最辛苦是那些在黑茫茫的天地间寻求光热的生灵。可怜的秋蛾，它永远不能忘情于火焰。在泥草间化生，在黑暗里飞行，抖擞着翅羽上的金粉——它的愿望是在万万里外的一颗星。那是我。见着光就感到激奋，见着光就顾不得粉脆的躯体，见着光就满身充满着悲惨的神异，殉献的奇丽——到火焰的底里去实现生命的意义。那是我。天让我望见那一柱光！那一个灵异的时间！"也就一半句话，甘露活了枯芽。"我的生命顿时豁裂成一朵奇异的愿望的花。"生命是悠久的，"但花开只是朝露与晚霞间的一段插话。殷勤是夕阳的顾盼，为花事的荣悴关心。可怜这心头的一撮土，更有谁来凭吊？"你的烦恼我全知道，虽则你从不曾向我说破；你的忧愁我全明白，为你我也时常难受。"清丽的晨风，吹醒了大地的荣华！"你耐着吧，美不过这半绽的蓓蕾。""我去了，你不必悲伤，珍重这一卷诗心，光彩常留在星月间。"
她去了！光彩常在星月间。

　　陌生的朋友，你不嫌我话说得晦塞吧，我想你懂得。你
一定懂。月光染白了我的发丝，这枯槁的形容正配与墓墟中
人作伴；它也仿佛为我照出你长眠的宁静……那不是我那她
的眉目？迷离的月影，你何妨为我认真来刻划个灵通？她的
眉目；我如何能遗忘你那永诀时的神情！竟许就那一度，在
生死的边沿，你容许我怀抱你那生命的本真；在生死的边沿，
你容许我亲吻你那性灵的奥隐，在生死的边沿，你容许我哺
啜你那妙眼的神辉。那眼，那眼！爱的纯粹的精灵迸裂在神
异的刹那间！你去了，但你是永远留着。从你的死，我才初
次会悟到生，会悟到生死间一种幽玄的丝缕。世界是黑暗的，
但我却永久存储着你的不死的灵光。

　　廉枫抬头望着月。月也望着他。青空添深了沉默。城墙
外仿佛有一声鸦啼，像是裂帛，像是鬼啸。墙边一枝树上抛
下了一捧雪，亮得耀眼。这还是人间吗？她为什么不来，像
那年在山中的一夜？

　　　　我送别她归去，与她在此分离，
　　　　在青草里飘拂，她的洁白的裙衣。

　　诡异的人生！什么古怪的梦！希望，在你擎上手掌估计
分量时，已经从你的手指间消失，像是发珠光的青汞。什么
都得变成灰，飞散，飞散，飞散……我不能不羡慕你的安逸，
缄默的墓中人！我心头还有火在烧，我怀着我的宝；永没有

人能探得我的痛苦的根源，永没有人知晓，到那天我也得瞑目时，我把我的宝交还给上帝：除了他更有谁能赐与，能承受这生命的生命？我是幸福的！你不羡慕我吗，朋友？

我是幸福的，因为我爱，因为我有爱。多伟大，多充实的一个字！提着它胸肋间就透着热，放着光，滋生着力量。多谢你的同情的倾听，长眠的朋友，这光阴在我是希有的奢华。这又是北京的清静的一隅。在凉月下，在荒城边，在银霜满树时。但北京——廉枫眼前又扯亮着那狞恶的前门。像一个脑袋，像一个骷髅。丧事人家的鼓乐。北海的芦苇。荣叶能不死吗？在晚照的金黄中，有孤鹜在冰面上飞。销沈，销沈。更有谁眷念西山的紫气？她是死了——一堆灰。北京也快死了——准备一个钵盂，到枯木林中去安排它的葬事。有什么可说的？再会吧，朋友，还有什么可说的？

他正想站起身走，一回头见进门那路上仿佛又来了一个人影。肥黑的一团在雪地上移着，迟迟的移着，向着他的一边来。有树拦着，认不真是什么。是人吗？怪了，这是谁？在这大凉夜还有与我同志的吗？为什么不，就许你吗？可真是有些怪，它又不动了，那黑影子绞和着一棵树影，像一个大包袱。不能是鬼吧。为什么发噤，怕什么的？是人，许是又一个伤心人，是鬼，也说不定它别有怀抱。竟许是个女子，谁知道！在凉月下，在荒冢间，在银霜满地时。它伛偻着身子哪，像是捡什么东西。不能是个化子——化子化不到墓园里来。唔，它转过来了！

它过来了，那一团的黑影。走近了。站定了，他也望着坐在坟墩上的那个发愣哪。是人，还是鬼，这月光下的一堆？

他也在想。"谁？"粗糙的，沉浊的口音。廉枫站起了身，哈着一双冻手。"是我，你是谁？"他是一个矮老头儿，屈着肩背，手插在他的一件破旧制服的破袋里。"我是这儿看门的。"他也走到了月光下。活像《哈姆雷德》里一个掘坟的，廉枫觉得有趣，比一个妙年女子，不论是鬼是人，都更有趣。"先生，你什么时候进来的？我哼是睡着了，那门没有关严吗？""我进来半天了。""不凉吗，您坐在这石头上？""就你一个人看着门的？""除了我这样的苦小老儿，谁肯来当这苦差？""你来有几年了？""我怎么知道有几年了！反正老佛爷没有死，我早就来了。这该有不少年份了吧，先生？我是一个在旗吃粮的，您不看我的衣服？""这儿常有人来不？""倒是有。除了洋人拿花来上坟的，还有学生也有来的，多半是一男一女的。天凉了就少有来的了。你不也是学生吗？"他斜着一双老眼打量廉枫的衣服。"你一个人看着这么多的洋鬼不害怕吗？"老头他乐了。这话问得多幼稚，准是个学生，年纪不大。"害怕？人老了，人穷了，还怕什么的！再说我这还不是靠鬼吃一口饭吗？靠鬼，先生！""你有家不，老头儿！""早就死完了。死干净了。""你自己怕死不，老头儿？"老头儿又乐了。"先生，您又来了！人穷了，人老了，还怕死吗？你们年轻人爱玩儿，爱乐，活着有意思，咱们哪说得上？"他在口袋里掏出一块黑绢子醒着他的冻鼻子。这声音听大了。城圈里又有回音，这来坟场上倒添了不少生气。那边树上有几只老鸦也给惊醒了，亮着他们半冻的翅膀。"老头，你想是生长在北京的吧？""一辈子就没有离开过。""那你爱不爱北京？"老头简直想咧个大嘴笑。这学生问的话多可乐! 爱不爱北京? 人穷了, 人老了, 有什么爱不爱的? 我说给您听听吧,"他有话说。

"就在这儿东城根, 多的是穷人, 苦人。推土车的, 推水车的, 住闲的, 残废的。全跟我一模一样的, 生长在这城圈子里, 一辈子没有离开过。一年就比一年苦, 大米一年比一年贵。土堆里煤渣多捡不着多少。谁生得起火? 有几顿吃得饱的? 夏天还可对付, 冬天可不能含糊。冻了更饿, 饿了更冻。又不能吃土。就这几天天下大雪, 好, 狗都瘪了不少!"老头又擤了擤鼻子。"听说有钱的人都搬走了, 往南, 往东南, 发财的, 升官的, 全去了。穷人苦人哪走得了? 有钱人走了他们更苦了, 一口冷饭都讨不着。北京就像个死城, 没有气了, 您知道! 哪年也没有本年的冷清。您听听, 什么声音都没有, 狗都不叫了! 前儿个我还见着一家子夫妻俩带着三个孩子饿急了, 又不能做贼, 就商量商量借把刀子破肚子见阎王爷去。可怜着哪! 那男的一刀子捅了他媳妇的肚子, 肠子漏了, 血直冒, 算完了一个, 等他抹回头拿刀子对自个儿的肚子撩, 您说怎么了, 那女的眼还睁着没有死透, 眼看着她丈夫拿刀扎自己, 一急就拼着她那血身体向刀口直推, 您说怎么了, 她那手正冲着刀锋, 快着哪, 一只手, 四根手指, 就让白萝卜似的给批了下来, 脆着哪! 那男的一看这神儿, 一心痛就痛偏了心, 掷了刀回身就往外跑, 满口疯嚷嚷的喊救命, 这一跑谁知道他往哪儿去了, 昨儿个盔甲厂派出所的巡警说起这件事都撑不住淌眼泪哪。同是人不是, 人总是一条心, 这苦年头谁受得了? 苦人倒是爱面子, 又不能偷人家的。真急了就吊, 不吊就往水里淹, 大雪天河沟冻了淹不了,就借把刀子抹脖子拉肚肠根，是穷末，有什么说的？好，话说回来了，您问我爱不爱北京。人穷了，人苦了，还有什么路走？爱什么！活不了，就得爱死！我不说北京就像个死城吗？我说它简直死定了！我还掏了二十个大子给那一家三小子买窝窝头吃。才可怜哪！好，爱不爱北京？北京就是这死定了，先生！还有什么说的？"

　　廉枫出了坟园低着头走，在月光下走了三四条老长的胡同才雇到一辆车。车往西北正顶着刀尖似的凉风。他裹紧了大衣，烤着自己的呼吸，心里什么念头都给冻僵了。有时他睁眼望望一街阴惨的街灯，又看着那上年纪的车夫在滑溜的雪道上顶着风一步一步的挨，他几回都想叫他停下来自己下去让他坐上车拉他，但总是说不出口。半圆的月在雪道上亮着它的银光。夜深了。

家德

　　家德住我们家已有十多年了，他初来的时候嘴上光光的还算是个壮夫，头上不见一茎白毛，挑着重担到车站去不觉到乏。逢着什么吃重的工作他总是说"我来！"他实在是来得的。现在可不同了。谁问他"家德，你怎么了，头发都白了？"他就回答："人总要老的，我今年五十八，头发不白几时白？"他不但发白，他上唇疏朗朗的两披八字胡也见花了。

　　他算是我们家的"做生活"，但他，据我娘说，除了吃饭住，却不拿工钱。不是我们家不给他，是他自己不要。打头儿就不要。"我就要吃饭住"，他说。我记得有一两回我因为他替我挑行李上车站给他钱，他就瞪大了眼说，"给我钱做什么？"我以为他嫌少，拿几毛换一块圆钱再给他，可是他还是"给我钱做什么？"更高声的抗议。你再说也是白费，因为他有他的理性。吃谁家的饭就该为谁家做事。给我钱做什么？

　　但他并不是主义的不收钱。镇上别人家有丧事喜事来叫

巴黎的鳞爪 · 轮盘小说集

他去帮忙的做完了有赏封什么给他,他受。"我今天又'摸了'钱了"他一回家就欣欣的报告他的伙伴。他另有一种能耐,几乎是专门的,那叫做"赞神歌"。谁家许了愿请神,就非得他去使开了他那不是不圆润的粗嗓子唱一种有节奏有顿挫的诗句赞美各种神道。奎星,纯阳祖师,关帝,梨山老母,都得他来赞美。小孩儿时候我们最爱看请神,一来热闹,厅上摆得花绿绿点得亮亮的,二来可以借口到深夜不回房去睡,三来可以听家德的神歌。乐器停了他唱,唱完乐又作。他唱什么听不清,分得清的只"浪溜圆"三个字,因为他几乎每开口必有浪溜圆。他那唱的音调就像是在厅的顶梁上绕着,又像是暖天细雨似的在你身上匀匀的洒,反正听着心里就觉得舒服,心一舒服小眼就闭上。这样极容易在妈或是阿妈的身上靠着甜甜的睡了。到明天在床里醒过来时耳边还绕着家德那圆圆的甜甜的浪溜圆。家德唱了神歌想来一定到手钱,这他也不辞,但他更看重的是他应分到手的一块祭肉,肉太肥或太瘦都不能使他满意:"肉总得像一块肉"。他说。

"家德,唱一点神歌听听。"我们在家时常常央着他唱,但他总是板着脸回说:"神歌是唱给神听的。"虽则他有时心里一高兴或是低着头做什么手工他口里往往低声在那里浪溜他的圆。听说他近几年来不唱了。他推说忘了,但他实在以为自己嗓子干了,唱起来不能原先那样圆转如意所以决意不再去神前献丑了。

他在我家实在也做不少的事。每天天一亮他就从他的破烂被窝里爬起身。一重重的门是归他开的,晚上也是他关的时候多。有时老妈子不凑手他就帮着煮粥烧饭。挑行李是他的事，送礼是他的事，劈柴是他事。最近因为父亲常自己烧檀香，他就少劈柴，多劈檀香。我时常见跨坐在一条长凳上戴着一副白铜边老花眼镜伛着背细细的劈。"你的镜子多少钱买的，家德？""两只角子。"他头也不抬的说。

我们家后面那个"花园"也是他管的。蔬菜，各样的，是他种的。每天浇，摘去焦枯叶子，厨房要用时采，都是他的事。花也是他种的，有月季，有山茶，有玫瑰，有红梅与腊梅，有美人蕉，有桃，有李，有不开花的兰，有葵花，有蟹爪菊，有可以染指甲的凤仙，有比鸡冠大到好几倍的鸡冠。关于每一种花他都有不少话讲：花的脾，花的胃，花的颜色，花的这样那样。梅花有单瓣双瓣，兰有莘心素心，山茶有家有野，这些简单，但在小孩儿时听来有趣的知识，都是他教给我们的。他是博学得可佩服。他不仅能看书能写，还能讲书，讲得比学堂里先生上课时讲的有趣味得多。我们最喜欢他讲《岳传》里的岳老爷。岳老爷出世，岳老爷归天，东窗事发，莫须有三字构成冤狱，岳雷上坟，诸仙镇八大锤——唷，那热闹就不用提了。他讲得我们笑，他讲得我们哭，他讲得我们着急，但他再不能讲得使我们瞌睡，那是学堂里所有的先生们比他强的地方。

也不知是谁给他传的，我们都相信家德曾经在乡村里教过书。也许是实有的事，像他那样的学问在乡里还不是数一数二的。可是他自己不认。我新近又问他，他还是不认。我问他当初念些什么书。他回一句话使我吃惊。他说我念的书是你们念不到的。那更得请教，长长见识也好。他不说念书，他说读书。他当初读的是百家姓，千字文，神童诗，——还有呢？还有酒书。什么？酒书？他说。什么叫酒书？酒书你不知道，他仰头笑着说，酒书是教人吃酒的书。真的有这样一部书吗？他不骗人。但教师他可从不曾做过。他现在口授人念经。他会念不少的经，从《心经》到《金刚经》全部，背得溜熟的。

他学念佛念经是新近的事。早三年他病了。发寒热。他一天对人说怕好不了，身子像是在大海里浮着，脑袋也发散得没有个边，他说。他死一点也不愁，不说怕。家里就有一个老娘，他不放心，此外妻子他都不在意。一个人总要死的，他说。他果然昏晕了一阵子，他床前站着三四个他的伙伴。他苏醒时自己说："就可惜这一生一世没有念过佛，吃过斋，想来只可等待来世的了，"说完这话他又闭上了眼仿佛是隐隐念着佛。事后他自以为这一句话救了他的命，因为他竟然又好起了。从此起他就吃上了净素。开始念经，现在他早晚都得做他的功课。

我不说他到我们家有十几年了吗？原先他在一个小学校里做当差。我做学生的时候他已经在。他的一个同事我也记得，叫矮子小二，矮得出奇，而且天生是一个小二的嘴脸。家德是校长先生用他进去的。他初起工钱每月八百文，后来每年按加二百文，一直加到二千文的正薪，那不算少。矮子小二想来没有读过什么酒书，但他可爱喝一杯两杯的，不比家德读了酒书倒反而不喝。小二喝醉了回校不发脾气就倒上床，他的一份事就得家德兼做。后来矮子小二因为偷了学校的用品到外边去换钱使发觉了被斥退。家德不久也离开学校，但他是为另一种理由。他的是自动辞职，因为用他进去的校长不做校长了，所以他也不愿再做下去。有一天他托一个乡绅到我们家来说要到我们家住，也不说别的话。从那时起家德就长住我们家了。

他自己乡里有家。有一个娘，有一个妻，有三个儿子，好的两个死了，剩下一个是不好的。他对妻的感情，按我妈对我说，是极坏。但早先他过一时还得回家去，不是为妻，是为娘。也为娘他不能不对他妻多少耐着性子。但是谢谢天，现在他不用再耐，因为他娘已经死了。他再也不回家去，积了一些钱也不再往家寄。妻不成材，儿子也没有淘成，他养家已有三十多年，儿子也近三十，该得担当家，他现在不管也没有什么亏心的了。他恨他妻多半是为她不孝顺他的娘，这最使他痛心。他妻有时到镇上来看他问他要钱，他一见她的影子都觉得头痛，她一到他就跑，她说话他做哑巴，她闹他到庭心里去伏在地上劈柴。有一回他接他娘出来看迎灯，让她睡他自己的床，盖他自己的棉被，他自己在灶边铺些稻柴不脱衣服睡。下一天他妻也赶来了，从厨房的门缝里张见他开着笑口用筷捡一块肥肉给他脱尽了牙翘着个下巴的老娘吃。她就在门外大声哭闹，他过去拿门给堵上了，捡更肥的肉给娘，更高声的说他的笑话，逗他娘和厨下别人的乐。晚上他妻上楼见他娘睡家德自己的床，盖他自己的被，回下来又和他哭闹——他从后门往外跑了。

他一见他娘就开口笑说话没有一句不逗人乐。他娘见他乐也乐，翘着一个干瘪下巴眯着一双皱皮眼不住的笑，厨房里顿时添了无穷的生趣。晚上在门口看灯，家德忙着招呼他娘，端着一条长凳或是一只方板凳，半抱着她站上去，连声的问看得见不，自己躲在后背双手扶着她防她闪。看完了灯他拿一只碗到巷口去买一碗大肉面汤一两烧酒给他娘吃，吃完了送她上楼睡去。"又要你用钱，家德。"他娘说。"喔，这算什么，我有的是钱！"家德就对他妈背他最近的进益，黄家的丧事到手三百六，李家的喜事到手五角小洋，还有这样那样的，尽他娘用都用不完，这一点点算什么的！

家德的娘来了，是一件大新闻。家德自己起劲不必说，我们上下一家子都觉得高兴。谁都爱看家德跟他娘在一起的神情，谁都爱听他母子俩甜甜的谈话。又有趣，又使人感动。那位乡下老太太，穿紫棉绸衫梳元宝髻的，看着她那头发已经斑白的儿子心里不知有多么得意。就算家德做了皇帝，她也不能更开心。"家德！"她时常尖声的叫，但等得家德赶忙回过头问"娘，要啥？"她又就只眯着一双皱皮眼甜甜的笑，再没有话说。她也许是忘了她想着要说的话，也许她就爱那么叫她儿子一声。这来屋子里人就笑家德也笑，她也笑，家德在她娘的跟前，拖着早过半百的年岁，身体活灵得像一只小松鼠，忙着为她张罗这样那样的，口齿伶俐得像一只小八哥，娘长娘短的叫个不住。如果家德是个皇帝，世界上决没有第二个皇太后有他娘那样的好福气。这是家德的伙伴们的思想。看看家德跟他娘，我妈比方一句有诗意的话，就比是到山楼上去看太阳——满眼都是亮。看看家德跟他娘，一个老妈子说，我总是出眼泪，我从来不知道做人会得这样的有意思。家德的娘一定是几世前修得来的。有一回家德脚上发流火，走路一颠一颠的不方便，但一走到他娘的跟前，他立即忍了痛僵直了身子放着腿走路，就像没有病一样。家德你今年胡须也白了，他娘说。"人老的好，须白的好：娘你是越老越清，我是胡须越白越健。"他这一插科他娘就忘了年岁忘了愁。

他娘已在两年前死了。寿衣，有绸有缎的，都是家德早在镇上替她预备好了的。老太太进棺材还带了一支重足八钱的金押发去，这当然也是家德孝敬的。他自从娘死过，再也不回家，他妻出来他也永不理睬她。他现在吃素，念经，每天每晚都念——也是念给他娘的。他一辈子难得化一个闲钱，就有一次因为妻儿的不贤良叫他太伤心了，他一气就"看开"了。他竟然连着有三五天上茶店，另买烧饼当点心吃，一共化了足足有五百钱光景，此外再没有荒唐过。前几天他上楼去见我妈，手筒着手，兴匆匆的说，"太太，我要到乡下去一趟。""好的。"我妈说，"你有两年多不回去了。""我积下了一百多块钱，我要去看一块地葬我娘去，"他说。

轮盘

　　好冷！倪三小姐从暖屋里出来站在廊前等车的时候觉着风来得尖厉。她一手撳着皮领护着脸，脚在地上微微的点着。"有几点了，阿姚？"三点都过了。

　　三点都过了，三点……这念头在她的心上盘着，有一粒白丸在那里运命似的跳。就不会跳进二十三的，偏来三十五，差那么一点，我还当是二十三哪。要有一只鬼手拿它一拨，叫那小丸子乖乖的坐上二十三，那分别多大！我本来是想要三十五的，也不知怎么的当时心里那么一迷糊——又给下错了。这车里怎么老是透风，阿姚？阿姚很愿意为主人替风或是替车道歉，他知道主人又是不顺手，但他正忙着大拐弯，马路太滑，红绿灯光又耀着眼，那不能不留意，这一岔就把答话的时机给岔过了。实在他的思想也不显简单，他正有不少的话想对小姐说，谁家的当差不为主人打算，况且听昨晚阿宝的话这事情正不是玩儿——好，房契都抵了，钻戒、钻镯、连那串精圆的珍珠项圈都给换了红片儿、白片儿、整数零数的全望庄上送！打不倒吃不厌的庄！

　　三小姐觉得冷。是哪儿透风，哪天也没有今天冷。最觉得异样，最觉得空虚，最觉得冷是在颈根和前胸那一圈。精圆的珍珠——谁家都比不上的那一串，带了整整一年多，有时上床都不舍得摘了放回匣子去，叫那脸上刮着刀疤那丑洋鬼端在一双黑毛手里左轮右轮的看，生怕是吃了假的上当似的，还非得让我签字，才给换了那一摊圆片子，要不了一半点钟那些片子还不是白鸽似的又往回飞；我的脖子上，胸前，可是没了，跑了，化了，冷了，眼看那黑毛手抢了我的心爱的宝贝去，这冤……三小姐心窝里觉得一块冰凉，眼眶里热刺刺的，不由的拿手绢给掩住了。"三儿，东西总是你的，你看了也舍不得放手不是？

　　可是娘给你放着不更好，这年头又不能常戴，一来太耀眼，二来你老是那拉拖的脾气改不过来，说不定你一不小心那怎么好？"老太太咳嗽了一声。"还是让娘给你放着吧，反正东西总是你的。"三小姐心都裂缝儿了。娘说话不到一年就死了，我还说我天天贴胸带着表示纪念她老人家的意思，谁知不到半年……

　　车到了家了。三小姐上了楼，进了房，开亮了大灯，拿皮大衣向沙发上一扔，也不答阿宝陪着笑问她输赢的话，站定在衣柜的玻璃镜前对着自己的映影呆住了。这算个什么相儿？这还能是我吗？两脸红的冒得出火，颧骨亮的像透明的琥珀，一鼻子的油，口唇叫烟卷烧得透紫，像煨白薯的焦皮，一对眼更看得怕人，像是有一个恶鬼躲在里面似的。三小姐一手掠着额前的散发，一手扶着柜子，觉得头脑里一阵

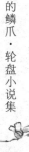

的昏，眼前一黑，差一点不曾叫脑壳子正对着镜里的那个碰一个脆。你累了吧，小姐？阿宝站在窗口叠着大衣说的话，她听来像是隔两间屋子或是一层雾叫过来似的，但这却帮助她定了定神，重复睁大了眼对着镜子里疑疑的望。这还能是我——是倪秋雁吗？鬼附上了身也不能有这相儿！但这时候她眼内的凶光——那是整六个钟头轮盘和压码条格的煎迫的余威——已然渐渐移让给另一种意态：一种疲倦，一种呆顿，一种空虚。她忽然想起马路中的红灯照着道旁的树干使她记起不少早已遗忘了的片段的梦境——但她疲倦是真的。她觉得她早已睡着了。她是绝无知觉的一堆灰，一排木料，在清晨树梢上浮挂着的一团烟雾。她做过一个极幽深的梦，这梦使得她因为过分兴奋而陷入一种最沉酣的睡。她决不能是醒着。她的珍珠当然是好好的在首饰匣子里放着。"我替你放着不更好，三儿？"娘的话没有一句不充满着怜爱，个个字都听得甜。那小白丸子真可恶，他为什么不跳进二十三？三小姐扶着柜子那只手的手指摸着了玻璃，极纤微的一点凉感从指尖上直透到心口，这使她形影相对的那两双眼内顿时剥去了一翳梦意。小姐，喝口茶吧，你真是累了，该睡了，有多少天你没有睡好，睡不好最伤神，先喝口茶吧。她从阿宝的手里接过了一片殷勤，热茶沾上口唇才觉得口渴得津液都干了。但她还是梦梦的不能相信这不是梦。我何至于堕落到如此——我倪秋雁？你不是倪秋雁吗？她责问着镜里的秋雁。那一个的手里也擎着一个金边蓝花的茶杯，口边描着惨澹的苦笑。荒唐也不能到这个田地。为着赌几于拿身子给鬼似的男子——"你抽一口的好，赌钱就赌一个精神，你看你眼里的红丝，闹病了那犯得着？"小俞最会说那一套体己话，细着一双有黑圈的眼瞅着你，不提有多么关切，他就会那一套！那天他对老五也是说一样的话！他还得用手来搀着你非得你养息他才安心似的。呸，男人，哪有什么好心眼的？老五早就上了他的当。哼，也不是上当，还不是老五自己说的，"进了三十六，谁还管得了美，管得了丑？""过一天是一天，"她又说，"堵死你的心，别让它有机会想，要想就活该你受！"那天我摘下我胸前那串珠子递给那脸上刻着刀疤的黑毛鬼，老五还带着笑——她那笑！——赶过来拍着我的肩膀说"好，这才够一个豪字！要赌就得拼一个精光。有什么可恋的？上不了梁山，咱们就落太湖！你就输在你的良心上，老三。"老五说话一上劲，眼里就放出一股邪光，我看了真害怕。"你非得拿你小姐的身份，一点也不肯凑和。说实话，你来得三十六门，就由不得你拿什么身份。"人真会变，五年前，就是三年前的老五，哪有一点子俗气，说话举止，满是够斯文的。谁想她在上海混不到几年，就会变成这鬼相，这妖气。她也满不在意，成天发疯似的混着，倒像真是一个快活人！我初次跟着她跑，心上总有些低哆，话听不惯，样儿看不惯，可是现在……老三与老五能有多大分别？我的行为还不是她的行为？我有时还觉得她爽荡得有趣，倒恨我自己老是免不了腼腼腆腆的，早晚躲不了一个"良心，"老五说的。可还是的，你自己还不够变的，你看看你自己的眼看，说人家鬼相，妖气，你自己呢？原先的我，在母亲身边的孩子，在学校时代的倪秋雁，多美多响亮的一个名字，现在哪还有一点点的影子？这变，喔，鬼——三小姐打了一个寒噤。地狱怕是没

有底的，我这一往下沉，沉，沉，我哪天再能向上爬？她觉得身子飘飘的，心也飘飘的，直往下坠——一个无底的深潭，一个魔鬼的大口。"三儿，你什么都好，"老太太又说话了。"你什么都好，就差拿不稳主意。你非得有人管，领着你向上。可是你总得自己留意，娘又不能老看着你，你又是那傲气，谁你都不服，真叫我不放心。"娘在病中喘着气还说这话。现在娘能放心不？想起真可恨！小俞，小张，老五，老八，全不是东西！可是我自己又何尝有主意，有了主意，有一点子主意，就不会有今天的狼狈。真气人！……镜里的秋雁现出无限的愤慨，恨不得把手里的茶杯掷一个粉碎，表示和丑恶的引诱绝交。但她又呷了一口。这是虹口买来的真铁观音不？明儿再买一点去，味儿真浓真香。说起，小姐，厨子说了好几次要领钱哪，他说他自己的钱都垫完了。镜里的眉梢又深深的皱上了。唉——她忽然记起了——那小黄呢，阿宝？小黄笼子里睡着了。毛抖得松松的，小脑袋挨着小翅膀底下窝着。它今天叫了没有？我真是昏，准有十几天不自己喂它了，可怜的小黄！小黄也真知趣，仿佛装着睡成心逗它主人似的，她们正说着话它醒了，刷着它的翅膀，吱的一声跳上了笼丝，又纵过去低头到小磁罐里检了一口凉水，歪着一只小眼呆呆的直瞅着它的主人。也不知是为主人记起了它乐了，还不知是见了大灯亮当是天光，它简直的放开嗓子整套的唱上了。

它这一唱就没有个完。它卖弄着它所有擅长的好腔。唱完了一支，忙着抢一口面包屑，啄一口水，再来一支，又来一支，直唱得一屋子满是它的音乐，又亮，又艳，一团快乐的迸裂，一腔情热的横流，一个诗魂的奔放。倪秋雁听呆了，镜里的秋雁也听呆了；阿宝听呆了；一屋子的家具，壁上的画，全听呆了。

三小姐对着小黄的小嗓子呆呆的看着。多精致的一张嘴，多灵巧的一个小脖子，多淘气的一双小脚，拳拳的抓住笼里那根横条，多美的一身羽毛，黄得放光，像是金丝给编的。稀小的一个鸟会有这么多的灵性？三小姐直怕它那小嗓子受不住狂唱的汹涌，你看它那小喉管的急迫的颤动，简直是一颗颗的珍珠往外接连着吐，梗住了怎么好？它不会炸吧！阿宝的口张得宽宽的，手扶着窗阑，眼里亮着水。什么都消灭了，除了这头小鸟的歌唱。但在它的歌唱中却展开了一个新的世界。在这世界里一切都沾上了异样的音乐的光。

三小姐的心头展开了一个新的光亮的世界。仿佛是在一座凌空的虹桥下站着，光彩花雨似的错落在她的衣袖间鬓发上。她一展手，光在她的胸怀里；她一张口，一球晶亮的光滑下了她的咽喉。火热的，在她的心窝里烧着。热匀匀的散布给她的肢体；美极了的一种快感。她觉得身子轻盈得像一只蝴蝶，一阵不可制止的欣快蓦地推逗着她腾空去飞舞。

虹桥上洒下了一个声音，艳阳似的正款着她的黄金的粉翅。多熟多甜的一个声音！唷，是娘呀，你在哪儿了？娘在廊前坐在她那湘妃竹的椅子上做着针线，带着一个玳瑁眼镜。我快活极了，娘，我要飞，飞到云端里去。从云端里望下来，娘，咱们这院子怕还没有爹爹书台上那方砚台那么大？还有娘呢，你坐在这儿做针线，那就够一个猫那么大——哈哈，娘就像是假太阳的小阿米！那小阿米还看得见吗？她顶多也不过一颗芝麻大，哈哈，小阿米，小芝麻。疯孩子！老太太笑着对不知门口站着的一个谁说话。这孩子疯得像什么了，成天跳跳唱唱的？你今天起来做了事没有？我有什么事做，娘？她呆呆的侧着一只小圆脸。唉，怎么好，又忘了，就知道玩！你不是自己讨差使每天院子里浇花，爹给你那个青玉花浇做什么的？要什么不给你就呆着一张脸扁着一张嘴要哭，给了你又不肯做事，你看那盆西方莲干得都快对你哭了。娘别骂，我就去！四个粉嫩的小手指鹰爪似的抓住了花浇的镂空的把手，一个小拇指翘着，她兴匆匆的从后院舀了水跑下院子去。"小心点儿，花没有浇，先浇了自己的衣服。"樱红色大朵的西方莲已经沾到了小姑娘的恩情，精圆的水珠极轻快的从这花瓣跳荡那花瓣，全沉入了盆里的泥。娘！她高声叫。娘，我要喝凉茶娘老不让，说喝了凉的要肚子疼，这花就能喝凉水吗？花要是肚子疼了怎么好？她鼓着她的小嘴唇问。花又不会嚷嚷。"傻孩子算你能干，会说话，"娘乐了。

每回她一使她的小机灵娘就乐。"傻孩子，算你会说话，"娘总说。这孩子实在是透老实的，在座有姑妈或是姨妈或是别的客人娘就说，你别看她说话机灵，我总愁她没有主意，小时候有我看着，将来大了怎么好？可是谁也没有娘那样疼她。过来，三，你不冷吧？她最爱靠在娘的身上，有时娘还握着她的小手，替她拉齐她的衣襟，或是拿手帕替她擦去脸上的土。一个女孩子总得干干净净的，娘常说。谁的声音也没有娘的好听。谁的手也没有娘的软。

这不是娘的手吗？她已经坐在一张软凳上，一手托着脸，一手捻着身上的海青丝绒的衣角。阿宝记起了楼下的事已经轻轻的出了房去。小黄唱完了它的大套，还在那里发疑问似的零星的吱喳。"咦。""咦。""接理。"她听来是娘在叫她："三，""小三，""秋雁。"她同时也望见了壁上挂着的那只芙蓉，只是她见着的另是一只芙蓉，在她回忆的繁花树上翘尾豁翅的跳踉着。"三，"又是娘的声音，她自己在病床上躺着。"三，"娘在门口说，"你猜爹给你买回什么来了？""你看！"娘已经走到床前，手提着一个精致的鸟笼，里面呆着一只黄毛的小鸟。"小三简直是迷了，"隔一天她听娘对爹说，"病都忘了有了这头鸟。这鸟是她的性命。非得自己喂。鸟一开口唱她就发愣，你没有见她那样儿，成仙也没有她那样快活，鸟一唱谁都不许说话，都得陪着她静心听。""这孩子是有点儿慧根，"爹就说。爹常说三儿有慧根。"什么叫慧根，我不懂，"她不止一回问。爹就拉着她的小手说："爹在恭维你哪，说你比别的孩子聪明。"真的她自己也说不上，为什么鸟一唱她就觉得快活，心头热火火的不知怎么才好；可又像是难受，心头有时酸酸的眼里直流泪。她恨不得把小鸟窝在她的胸前，用口去亲它。她爱极了它。"再唱一支吧，小鸟，我再给你吃，"她常常央着它。

可是阿宝又进房来了，"小姐，想什么了，"她笑着说，"天不早，上床睡不好吗？"

秋雁站了起来。她从她的微妙的深沉的梦境里站了起来，手按上眼觉得潮潮的沾手。她深深的呼了一口气。"二十三，二十三，为什么偏不二十三？"一个愤怒的声音在她一边耳朵里响着。小俞那有黑圈的一双眼，老五的笑，那黑毛鬼脸上的刀疤，那小白丸子，运命似跳着的，又一瞥瞥的在她眼前扯过。"怎么了？"她摇了摇头，还是没有完全清醒。但她已经让阿宝扶着她，帮着她脱了衣服上床睡下。"小姐，你明天怎么也不能出门了。你累极了，非得好好的养几天。"阿宝看了小姐恍惚的样子，心里也明白，着实替她难受。"唷，阿宝"她又从被里坐起身说，"你把我首饰匣子里老太太给我那串珠项圈拿给我看看。"

十八年二月三日完

志摩的诗

雪花的快乐

假如我是一朵雪花，
翩翩的在半空里潇洒，
　我一定认清我的方向——
　飞扬，飞扬，飞扬，——
这地面上有我的方向。

不去那冷寞的幽谷，
不去那凄清的山麓，
　也不上荒街去惆怅——
　飞扬，飞扬，飞扬，——
你看，我有我的方向！

在半空里娟娟的飞舞，
认明了那清幽的住处，
　等着她来花园里探望——

巴黎的鳞爪 · 轮盘小说集

飞扬，飞扬，飞扬，——
啊，她身上有朱砂梅的清香！

那时我凭借我的身轻，
盈盈的，沾住了她的衣襟，
　　贴近她柔波似的心胸——
　　消溶，消溶，消溶——
溶入了她柔波似的心胸！

沙扬娜拉（赠日本女郎）

最是那一低头的温柔，
　　像一朵水莲花不胜凉风的娇羞，
道一声珍重，道一声珍重，
　　那一声珍重里有蜜甜的忧愁。
　　　沙扬娜拉！

落叶小唱

一阵声响转上了阶沿
（我正挨近着梦乡边；）
这回准是她的脚步了，我想——
在这深夜！

一声剥啄在我的窗上
（我正紧靠着睡乡旁；）
这准是她来闹着玩——你看，
我偏不张望！

一个声息贴近我的床，
我说（一半是睡梦，一半是迷惘：）——
"你总不能明白我，你又何苦
多叫我心伤！"

一个谓息在我的枕边，

（我已在梦乡里留恋；）

"我负了你！"你说——你的热泪

烫着我的脸！

这音响恼着我的梦魂

（落叶在庭前舞，一阵，又一阵；）

梦完了，呵，回复清醒；恼人的——

却只是秋声！

为谁

这几天秋风来得格外尖厉：

    我怕看我们的庭院，

    树叶伤鸟似的猛旋，

    中着了无形的利箭——

没了，全没了：生命、颜色、美丽！

就剩下南墙上的几道爬山虎，

    它那豹斑似的秋色，

    忍熬着风拳的打击，

    低低的喘一声呜邑——

"我为你耐着！"它仿佛对我声诉。

它为我耐着，那艳色的秋萝，

    但秋风不容情的追，

    追（摧残是它的恩惠！）

追尽了生命的余辉——
这回墙上不见了勇敢的秋萝!

今夜那清光的三星在天上
　　倾听着秋后的空院,
　　悄悄的,更不闻呜咽:
　　落叶在泥土里安眠——
只我在这深夜,啊,为谁凄惘?

问谁

问谁？啊，这光阴的播弄
　　问谁去声诉，
在这冻沉沉的深夜，凄风
　　吹拂她的新墓？

"看守，你须用心的看守，
　　这活泼的流溪，
莫错过，在这清波里优游，
　　青脐与红鳍！"

那无声的私语在我的耳边
　　似曾幽幽的吹嘘，——
像秋雾里的远山，半化烟，
　　在晓风前卷舒。

因此我紧揽着我生命的绳网，
　　像一个守夜的渔翁，
兢兢的，注视着那无尽流的时光——
　　私冀有彩鳞掀涌。

但如今，如今只余这破烂的渔网——
　　嘲讽我的希冀，
我喘息的怅望着不复返的时光：
　　泪依依的憔悴！

又何况在这黑夜里徘徊：
　　黑夜似的痛楚：
一个星芒下的黑影凄迷——
　　留连着一个新墓！

问谁……我不敢怆呼，怕惊扰
　　这墓底的清淳；
我俯身，我伸手向她搂抱——
　　啊！这半潮润的新坟！

这惨人的旷野无有边沿，
　　远处有村火星星，
丛林中有鸥鸦在悍辩——
　　此地有伤心，只影！

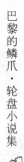

这黑夜，深沉的，环包着大地；
　笼罩着你与我——
你，静凄凄的安眠在墓底；
　我，在迷醉里摩挲！

正愿天光更不从东方
　按时的泛滥：
我便永远依偎着这墓旁——
　在沉寂里消幻——

但青曦已在那天边吐露，
　苏醒的林鸟，
已在远近间相应的喧呼——
　又是一度清晓。

不久，这严冬过去，东风
　又来催促青条：
便妆缀这冷落的墓宫，
　亦不无花草飘摇。

但为你，我爱，如今永远封禁
　在这无情的地下——
我更不盼天光，更无有春信：
　我的是无边的黑夜！

这是一个懦怯的世界

这是一个懦怯的世界：
　　容不得恋爱，容不得恋爱！
披散你的满头发，
赤露你的一双脚；
　　跟着我来，我的恋爱，
抛弃这个世界
殉我们的恋爱！

我拉着你的手，
爱，你跟着我走；
　　听凭荆棘把我们的脚心刺透，
　　听凭冰雹劈破我们的头，
你跟着我走，
我拉着你的手，
　　逃出了牢笼，恢复我们的自由！

巴黎的鳞爪 · 轮盘小说集

跟着我来，

　　我的恋爱！

人间已经掉落在我们的后背，——

看呀，这不是白茫茫的大海？

白茫茫的大海，

白茫茫的大海，

　　无边的自由，我与你与恋爱！

顺着我的指头看，

那天边一小星的蓝——

　　那是一座岛，岛上有青草，

　　鲜花，美丽的走兽与飞鸟；

快上这轻快的小艇，

去到那理想的天庭——

　　恋爱，欢欣，自由——辞别了人间，永远！

去罢

去罢，人间，去罢！
　　我独立在高山的峰上；
去罢，人间，去罢！
　　我面对着无极的穹苍。

去罢，青年，去罢！
　　与幽谷的香草同埋；
去罢，青年，去罢！
　　悲哀付与暮天的群鸦。

去罢，梦乡，去罢！
　　我把幻景的玉杯摔破；
去罢，梦乡，去罢！
　　我笑受山风与海涛之贺。

巴黎的鳞爪·轮盘小说集

去罢，种种，去罢！
　当前有插天的高峰；
去罢，一切，去罢！
　当前有无穷的无穷！

一星弱火

我独坐在半山的石上，
　　看前峰的白云蒸腾，
一只不知名的小雀，
　　嘲讽着我迷惘的神魂。

白云一饼饼的飞升，
　　化入了辽远的无垠；
但在我逼仄的心头，啊，
　　却凝敛着惨雾与愁云！

皎洁的晨光已经透露，
　　洗净了青屿似的前峰；
像墓墟间的磷光惨淡，
　　一星的微焰在我的胸中。

但这惨淡的弱火一星，
　照射着残骸与余烬。
虽则是往迹的嘲讽，
　却绵绵的长随时间进行！

为要寻一个明星

我骑着一匹拐腿的瞎马，
　　向着黑夜里加鞭；——
　　向着黑夜里加鞭，
我跨着一匹拐腿的瞎马。

我冲入这黑绵绵的昏夜，
　　为要寻一颗明星；——
　　为要寻一颗明星，
我冲入这黑茫茫的荒野。

累坏了，累坏了我胯下的牲口，
　　那明星还不出现；——
　　那明星还不出现，
累坏了，累坏了马鞍上的身手。

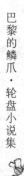

巴黎的鳞爪·轮盘小说集

这回天上透出了水晶似的光明，

　　荒野里倒着一只牲口，

　　黑夜里躺着一具尸首。——

这回天上透出了水晶似的光明！

不再是我的乖乖

一

前天我是一个小孩，
这海滩是我的爱；
早起的太阳赛如火炉，
趁暖和我来做我的工夫：
捡满一衣兜的贝壳，
在这海砂上起造宫阙；
哦，这浪头来得凶恶，
冲了我得意的建筑——
我喊了一声，海！
你是我小孩儿的乖乖！

二

昨天我是一个"情种"，

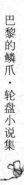

巴黎的鳞爪·轮盘小说集

到这海滩上来发疯；

西天的晚霞慢慢的死，

血红变成姜黄又变紫，

一颗星在半空里窥伺，

我匍伏在砂堆里画字，

一个字，一个字，又一个字，

谁说不是我心爱的游戏？

我喊一声海，海！

不许你有一点儿更改！

三

今天！咳，为什么要有今天？

不比从前，没了我的疯癫，

再没有小孩时的新鲜，

这回再不来这大海的边沿！

头顶不见天光的方便，

海上只闻沉沉的一片，

暗潮侵蚀了砂字的痕迹，

却冲不淡我悲惨的颜色——

我喊一声海，海！

你从此不再是我的乖乖！

多谢天！我的心又一度的跳荡

多谢天！我的心又一度的跳荡，
这天蓝与海青与明洁的阳光，
驱净了梅雨时期无欢的踪迹，
也散放了我心头的网罗与纽结，
像一朵曼陀罗花英英的露爽，
在空灵与自由中忘却了迷惘：——
迷惘，迷惘！也不知求自何处，
囚禁着我心灵的自然的流露，
可怖的梦魇，黑夜无边的惨酷，
苏醒的盼切，只增剧灵魂的麻木！
曾经有多少的白昼，黄昏，清晨，
嘲讽我这蚕茧似不生产的生存？
也不知有几遭的明月，星群，晴霞，
山岭的高亢与流水的光华……
辜负！辜负自然界叫唤的殷勤，

惊不醒这沉醉的昏迷与顽冥！

如今，多谢这无名的博大的光辉，
在艳色的青波与绿岛间萦洄，
更有那渔船与帆影，亭亭的粘附
在天边，唤起辽远的梦景与梦趣：
我不由的惊悚，我不由的感愧
（有时微笑的妩媚是启悟的棒槌！）
是何来倏忽的神明，为我解脱
忧愁，新竹似的豁裂了外箨，
透露内里的青篁，又为我洗净
障眼的盲翳，重见宇宙间的欢欣。

这或许是我生命重新的机兆；
大自然的精神！容纳我的祈祷，
容许我的不踌躇的注视，容许
我的热情的献致，容许我保持
这显示的神奇，这现在与此地，
这不可比拟的一切间隔的毁灭！
我更不问我的希望，我的惆怅，
未来与过去只是渺茫的幻想，
更不向人间访问幸福的进门，
只求每时分给我不死的印痕，——
变一颗埃尘，一颗无形的埃尘，
追随着造化的车轮，进行，进行……

我有一个恋爱

我有一个恋爱，
我爱天上的明星，
我爱他们的晶莹：——
　　人间没有这异样的神明。

在冷峭的暮冬的黄昏，
在寂寞的灰色的清晨。
在海上，在风雨后的山顶：
　　永远有一颗，万颗的明星！

山涧边小草花的知心，
高楼上小孩童的欢欣，
旅行人的灯亮与南针：——
　　万万里外闪烁的精灵！

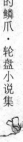

我有一个破碎的魂灵，
像一堆破碎的水晶，
散布在荒野的枯草里：——
　饱啜你一瞬瞬的殷勤。

人生的冰激与柔情，
我也曾尝味，我也曾容忍；
有时阶砌下蟋蟀的秋吟：——
　引起我心伤，逼迫我泪零。

我袒露我的坦白的胸襟，
　献爱与一天的明星；
任凭人生是幻是真，
地球存在或是消泯：——
　大空中永远有不昧的明星！

无题

原是你的本分，朝山人的胫踝，
这荆刺的伤痛！回看你的来路。
看那草丛乱石间斑斑的血迹，
在暮霭里记认你从来的踪迹！
且缓抚摩你的肢体，你的止境
还远在那白云环拱处的山岭！

无声的暮烟，远从那山麓与林边，
渐渐的潮没了这旷野，这荒天，
你渺小的孑影面对这冥盲的前程，
像在怒涛间的轻航失去了南针；
更有那黑夜的恐怖，愫骨的狼嗥，
狐鸣，鹰啸，蔓草间有蝮蛇缠绕！

退后？——昏夜一般的吞蚀血染的来踪，

倒地？——这懦怯的累赘问谁去收容？
前冲？啊，前冲！冲破这黑暗的冥凶，
冲破一切的恐怖，迟疑，畏葸，苦痛。
血淋漓的践踏过三角棱的劲刺，
丛莽中伏兽的利爪，婉蜒的虫豸！

前冲；灵魂的勇是你成功的秘密！
这回你看，在这决心舍命的瞬息，
迷雾已经让路，让给不变的天光，
一弯青玉似的明月在云隙里探望，
依稀窗纱间美人启齿的瓠犀，——
那是灵感的赞许，最恩宠的赠与！

更有那高峰，你那最想望的高峰，
已涌现在当前，莲苞似的玲珑，
在蓝天里，在月华中，浓艳，崇高，
朝山人，这异象便是你跋涉的酬劳！

消息

雷雨暂时收敛了；
　　双龙似的双虹，
　　显现在雾霭中，
　　夭矫，鲜艳，生动，——
好兆！明天准是好天了。

什么！又是一阵打雷，——
　　在云外、在天外，
　　又是一片暗淡，
　　不见了鲜虹彩，——
希望，不曾站稳，又毁了。

夜半松风

这是冬夜的山坡，
坡下一座冷落的僧庐，
庐内一个孤独的梦魂：
　　在怅悔中祈祷，在绝望中沉沦；——

为什么这怒叫，这狂啸，
鼍鼓与金钲与虎与豹？
为什么这幽诉，这私慕？
烈情的惨剧与人生的坎坷——
　　又一度潮水似的淹没了
这彷徨的梦魂与冷落的僧庐？

月下雷峰影片

我送你一个雷峰塔影，
　满天稠密的黑云与白云；
我送你一个雷峰塔顶，
　明月泻影在眠熟的波心。

深深的黑夜，依依的塔影，
　团团的月彩，纤纤的波鳞——
假如你我荡一支无遮的小艇，
　假如你我创一个完全的梦境！

沪杭车中

匆匆匆！催催催！
一卷烟，一片山，几点云影，
一道水，一条桥，一支橹声，
一林松，一丛竹，红叶纷纷；

艳色的田野，艳色的秋景，
梦境似的分明，模糊，消隐，——
催催催！是车轮还是光阴？
催老了秋容，催老了人生！

难得

难得，夜这般清静，
　难得，炉火这般的温，
更是难得，无言的相对，
　一双寂寞的灵魂！

也不必筹营，也不必详论，
　更没有虚骄、猜忌与嫌憎，
只静静的坐对着一炉火，
　只静静的默数远巷的更。

喝一口白水，朋友，
　滋润你的干裂的口唇；
你添上几块煤，朋友，
　一炉的红焰感念你的殷勤。

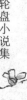

巴黎的鳞爪·轮盘小说集

在冰冷的冬夜，朋友，

　人们方始珍重难得的炉薪；

在这冰冷的世界，

　方始凝结了少数同情的心！

古怪的世界

从松江的石湖塘
上车来老妇一双，
颤巍巍的承住弓形的老人身，
多谢（我猜是）普渡山的盘龙藤：

青头棉袄，黑布棉套，
头毛半秃，齿牙半耗：
肩挨肩的坐落在阳光暖暖的窗前，
畏思的，呢喃的，像一对寒天的老燕；

震震的干枯的手背，
震震的皱缩的下颊：
这二老！是妯娌，是姑嫂，是姐妹？——
紧挨着，老眼中有伤悲的眼泪！

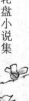

巴黎的鳞爪 · 轮盘小说集

怜悯，贫苦不是卑贱，

老衰中有无限庄严；——

老年人有什么悲哀，为什么凄伤？

为什么在这快乐的新年，抛却家乡？

同车里杂杳的人声，

轨道上疾转着车轮；

我独自的，独自的沉思这世界古怪——

是谁吹弄着那不调谐的人道的音籁。

天国的消息

可爱的秋景！无声的落叶，
轻盈的，轻盈的，掉落在这小径，
竹篱内，隐约的，有小儿女的笑声：

呖呖的清音，缭绕着村舍的静谧，
仿佛是幽谷里的小鸟，欢噪着清晨，
驱散了昏夜的晦涩，开始无限光明。

霎那的欢欣，昙花似的涌现，
开豁了我的情绪，忘却了春恋，
人生的惶惑与悲哀，惆怅与短促——
在这稚子的欢笑声里，想见了天国！

晚霞泛滥着金色的枫林，
凉风吹拂着我孤独的身形：

巴黎的鳞爪·轮盘小说集

我灵海里啸响着伟大的波涛，
应和更伟大的脉搏，更伟大的灵潮！

乡村里的音籁

小舟在垂柳荫间缓泛，
　　一阵阵初秋的凉风，
　　吹生了水面的漪绒，
吹来两岸乡村里的音籁。

我独自凭着船窗闲憩，
　　静看着一河的波幻，
　　静听着远近的音籁，
又一度与童年的情景默契！

这是清脆的稚儿的呼唤，
　　田野上工作纷纭，
　　竹篱边犬吠鸡鸣：
但这无端的悲感与凄婉！

巴黎的鳞爪·轮盘小说集

白云在蓝天里飞行，
　　我欲把恼人的年岁，
　　我欲把恼人的情爱，
托付与无涯的空灵——消泯！

回复我纯朴的，美丽的童心，
　　像山谷里的冷泉一勺，
　　像晓风里的白头乳鹊，
像池畔的草花，自然的鲜明。

她是睡着了

她是睡着了——
星光下一朵斜欹的白莲，
　她入梦境了——
香炉里袅起一缕碧螺烟。

　她是眠熟了——
涧泉幽抑了喧响的琴弦，
　她在梦乡了——
粉蝶儿，翠蝶儿，翻飞的欢恋。

　停匀的呼吸：
清香渗透了她的周遭的清氛；
　有福的清氛，
怀抱着，抚摩着，她纤纤的身形！

奢侈的光阴！

静，沙沙的尽是闪亮的黄金，

平铺着无垠，——

波鳞间轻漾着光艳的小艇。

醉心的光景：

给我披一件彩衣，啜一坛芳醴，

折一枝藤花，

舞，在葡萄丛中，颠倒，昏迷。

看呀，美丽！

三春的颜色移上了她的香肌，

是玫瑰，是月季，

是朝阳里的水仙，鲜妍，芳菲！

梦底的幽秘，

挑逗着她的心——纯洁的灵魂，

像一只蜂儿，

在花心，恣意的唐突——温存。

童真的梦境！

静默，休教惊断了梦神的殷勤；

抽一丝金络，

抽一丝银络，抽一丝晚霞的紫曛；

玉腕与金梭，
织缣似的精审，更番的穿度——
　　化生了彩霞，
神阙，安琪儿的歌，安琪儿的舞。

　　可爱的梨涡，
解释了处女的梦境的欢喜，
　　像一颗露珠，
颤动的，在荷盘中闪耀着晨曦。

五老峰

不可摇撼的神奇，

     不容注视的威严，

这耸峙，这横蟠，

     这不可攀援的峻险！

看！那巉岩缺处

     透露着天，窈远的苍天，

在无限广博的怀抱间，

     这磅礴的伟象显现！

是谁的意境，是谁的想象？

     是谁的工程与搏造的手痕？

在这亘古的空灵中

     陵慢着天风，天体与天氛！

有时朵朵明媚的彩云，

     轻颤的，妆缀着老人们的苍鬓，

像一树虬干的古梅在月下

　　　吐露了艳色鲜葩的清芬！

山麓前伐木的村童，

　　　在山涧的清流中洗濯，呼啸，

认识老人们的嚬罇，

　　　迷雾海沫似的喷涌，铺罩，

淹没了谷内的青林，

　　　隔绝了鄱阳的水色袅渺，

陡壁前闪亮着火电，听呀！

　　　五老们在渺茫的雾海外狂笑！

朝霞照他们的前胸，

　　　晚霞戏逗着他们赤秃的头颅；

黄昏时，听异鸟的欢呼，

　　　在他们鸠盘的肩旁怯怯的透露

不昧的星光与月彩：

　　　柔波里，缓泛着的小艇与轻舸；

听呀！在海会静穆的钟声里，

　　　有朝山人在落叶林中过路！

更无有人事的虚荣，

　　　更无有尘世的仓促与噩梦，

灵魂！记取这从容与伟大，

　　　在五老峰前饱啜自由的山风！

巴黎的鳞爪·轮盘小说集

这不是山峰，这是古圣人的祈祷，

　　凝聚成这"冻乐"似的建筑神工，

给人间一个不朽的凭证，——

　　一个"倔强的疑问"在无极的蓝空！

朝雾里的小草花

这岂是偶然，小玲珑的野花！
　　你轻含着鲜露颗颗，
　　怦动的像是慕光明的花蛾，
在黑暗里想念着焰彩，晴霞；

我此时在这蔓草丛中过路，
　　无端的内感，惆怅与惊讶，
　　在这迷雾里，在这岩壁下，
思忖着，泪怦怦的，人生与鲜露？

在那山道旁

在那山道旁，一天雾濛濛的朝上，
初生的小蓝花在草丛里窥觑，
我送别她归去，与她在此分离，
在青草里飘拂，她的洁白的裙衣。

我不曾开言，她亦不曾告辞，
驻足在山道旁，我暗暗的寻思：
"吐露你的秘密，这不是最好时机？"——
露湛的小草花，仿佛恼我的迟疑。

为什么迟疑，这是最后的时机，
在这山道旁，在这雾茫在朝上？
收集了勇气，向着她我旋转身去：——
但是啊！为什么她这满眼凄惶？

我咽住了我的话，低下了我的头：
火灼与冰激在我的心胸间回荡，
啊，我认识了我的命运，她的忧愁，——
在这浓雾里，在这凄清的道旁！

在那天朝上，在雾茫茫的山道旁，
新生的小蓝花在草丛里睥睨，
我目送她远去，与她从此分离——
在青草间飘拂，她那洁白的裙衣！

石虎胡同七号

我们的小园庭，有时荡漾着无限温柔：
善笑的藤娘，袒酥怀任团团的柿掌绸缪，
百尺的槐翁，在微风中俯身将棠姑抱搂，
黄狗在篱边，守候睡熟的珀儿，它的小友
小雀儿新制求婚的艳曲，在媚唱无休——
我们的小园庭，有时荡漾着无限温柔。

我们的小园庭，有时淡描着依稀的梦景：
雨过的苍茫与满庭荫绿，织成无声幽冥，
小蛙独坐在残兰的胸前，听隔院蚓鸣，
一片化不尽的雨云，倦展在老槐树顶，
掠檐前作圆形的舞旋，是蝙蝠，还是蜻蜓？
我们的小园庭，有时淡描着依稀的梦景。

我们的小园庭，有时轻喟着一声奈何：

奈何在暴雨时，雨槌下捣烂鲜红无数，
奈何在新秋时，未凋的青叶惆怅地辞树，
奈何在深夜里，月儿乘云艇归去，西墙已度，
远巷薤露的乐音，一阵阵被冷风吹过——
我们的小园庭，有时轻喟着一声奈何。

我们的小园庭，有时沉浸在快乐之中；
雨后的黄昏，满院只美荫，清香与凉风，
大量的蹇翁，巨樽在手，蹇足直指天空，
一斤，两斤，杯底喝尽，满怀酒欢，满面酒红，
连珠的笑响中，浮沉着神仙似的酒翁——
我们的小园庭，有时沉浸在快乐之中。

先生！先生！

钢丝的车轮

在偏僻的小巷内飞奔——

"先生，我给先生请安您哪，先生。"

迎面一蹲身，

一个单布裰的女孩颤动着呼声——

雪白的车轮在冰冷的北风里飞奔。

紧紧的跟，紧紧的跟，

破烂的孩子追赶着铄亮的车轮——

"先生，可怜我一大吧，善良的先生！"

"可怜我的妈，

她又饿又冻又病，躺在道儿边直呻——

您修好，赏给我们一顿窝窝头，您哪，先生！"

"没有带子儿，"
坐车的先生说，车里戴大皮帽的先生——
飞奔，急转的双轮，紧追，小孩的呼声。

一路旋风似的土尘，
土尘里飞转着银晃晃的车轮——
"先生，可是您出门不能不带钱您哪，先生。"

"先生！………先生！"
紫涨的小孩，气喘着，断续的呼声——
飞奔，飞奔，橡皮的车轮不住的飞奔。

飞奔………飞奔………
飞奔………飞奔………
先生……先生……先生………

叫化活该

"行善的大姑，修好的爷，"

　　西北风尖刀似的猛刺着他的脸，

"赏给我一点你们吃剩的油水吧！"

　　一团模糊的黑影，捱紧在大门边。

"可怜我快饿死了，发财的爷！"

　　大门内有欢笑，有红炉，在玉杯；

"可怜我快冻死了，有福的爷！"

　　大门外西北风笑说："叫化活该！"

我也是战栗的黑影一堆，

　　蠕伏在人道的前街；

我也只要一些同情的温暖，

　　遮掩我的剐残的余骸——

但这沉沉的紧闭大门：谁来理睬；
街道上只冷风的嘲讽，"叫化活该！"

谁知道

我在深夜里坐着车回家——
一个褴褛的老头他使着劲儿拉；
　　天上不见一个星，
　　街上没有一只灯：
　　那车灯的小火
　　冲着街心里的土——
　　左一个颠簸，右一个颠簸
　　拉车的走着他的踉跄步；
　　…………

"我说拉车的，这道儿哪儿能这么的黑？"
"可不是先生？这道儿真——真黑！"
他拉——拉过了一条街，穿过了一座门，
转一个弯，转一个弯，一般的暗沉沉；——
　　天上不见一个星，

街上没有一个灯，

那车灯的小火

蒙着街心里的土——

左一个颠簸，右一个颠簸。

拉车的走着他的踉跄步；

…………

"我说拉车的，这道儿哪儿能这么的静？"

"可不是先生？这道儿真——真静"

他拉——紧贴着一垛墙，长城似的长，

过一处河沿，转入了黑遥遥的旷野；——

天上不露一颗星，

道上没有一只灯：

那车灯的小火

晃着道儿上的土——

左一个颠簸，右一个颠簸，

拉车的走着他的踉跄步；

…………

"我说拉车的，怎么这儿道上一个人都不见？"

"倒是有，先生，就是您不大瞧得见！"

我骨髓里一阵子的冷——

那边青缭缭的是鬼还是人？

仿佛听着呜咽与笑声——

啊，原来这遍地都是坟！

巴黎的鳞爪·轮盘小说集

天上不亮一颗星；

道上没有一只灯：

那车灯的小火

缭着道儿上的土——

左一个颠簸，右一个颠簸

拉车的跨着他的踉跄步；

…………

"我说——我说拉车的喂！这道儿哪……哪儿有这么的

远？"

"可不是先生？这道儿真——真远！"

"可是……你拉我回家……你走错了道儿没有？"

"谁知道先生！谁知道走错了道儿没有！"

…………

我在深夜里坐着车回家，

一堆不相识的褴褛，他使着劲儿拉；

天上不明一颗星，

道上不见一只灯：

只那车灯的小火

袅着道儿上的土——

左一个颠簸，右一个颠簸。

拉车的跨着他的蹒跚步。

残诗

怨谁？怨谁？这不是青天里打雷？
关着，锁上；赶明儿瓷花砖上堆灰！
别瞧这白石台阶儿光滑，赶明儿，唉，
石缝里长草，石上青青的全是莓！
那廊下的青玉缸里养着鱼，真凤尾，
可还有谁给换水，谁给捞草，谁给喂？
要不了三五天准翻着白肚鼓着眼，
不浮着死，也就让冰分儿压一个扁！
顶可怜是那几个红嘴绿毛的鹦哥，
让娘娘教得顶乖，会跟着洞箫唱歌，
真娇养惯，喂食一迟，就叫人名儿骂，
现在，您叫去！就剩空院子给您答话！……

盖上几张油纸

一片，一片，半空里
　　掉下雪片；
有一个妇人，有一个妇人
　　独坐在阶沿。

虎虎的，虎虎的，风响
　　在树林间；
有一个妇人，有一个妇人，
　　独自在哽咽。

为什么伤心，妇人，
　　这大冷的雪天？
为什么啼哭，莫非是
　　失掉了钗钿？

不是的，先生，不是的，
　　不是为钗钿；
也是的，也是的，我不见了
　　我的心恋。

那边松林里，山脚下，先生，
　　有一只小木篋，
装着我的宝贝，我的心，
　　三岁儿的嫩骨！

昨夜我梦见我的儿
　　叫一声"娘呀——
天冷了，天冷了，天冷了，
　　儿的亲娘呀！"

今天果然下大雪，屋檐前
　　望得见冰条，
我在冷冰冰的被窝里摸——
　　摸我的宝宝。

方才我买来几张油纸，
　　盖在儿的床上；
我唤不醒我熟睡的儿——
　　我因此心伤。

巴黎的鳞爪 · 轮盘小说集

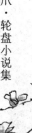

一片，一片，半空里
　掉下雪片；
有一个妇人，有一个妇人，
　独坐在阶沿。

、虎虎的，虎虎的，风响
　在树林间；
有一个妇人，有一个妇人，
　独自在哽咽。

太平景象

"卖油条的,来六根——再来六根。"
"要香烟吗,老总们,大英牌,大前门?
多留几包也好,前边什么买卖都不成。"

"这枪好,德国来的,装弹时手顺;"
"我哥有信来,前天,说我妈有病;"
"哼,管得你妈,咱们去打仗要紧。"

"亏得在江南,离着家千里的路程,
要不然我的家里人……唉。管得他们
眼红眼青,咱们吃粮的眼不见为净!"

"说是,这世界!做鬼不幸,活着也不称心;
谁没有家人老小,谁愿意来当兵拼命?"
"可是你不听长官说,打伤了有恤金?"

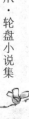

巴黎的鳞爪·轮盘小说集

"我就不稀罕那猫儿哭耗子的恤金！
脑袋就是一个，我就想不透为么要上阵，
砰，砰，打自个儿的弟兄，损己，又不利人。

"你不见李二哥回来，烂了半个脸，全青？
他说前边稻田里的尸体，简直像牛粪，
全的，残的，死透的，半死的，烂臭、难闻。"

"我说这儿江南人倒懂事，他们死不当兵；
你看这路旁的皮棺，那田里玲巧的亭亭，
草也青，树也青，做鬼也落个清静。

"比不得我们——可不是火车已经开行？——
天生是稻田里的牛粪——唉，稻田里的牛粪！"
"喂，卖油条的，赶上来，快，我还要六根。"

卡尔佛里

喂，看热闹去，朋友！在那儿？
卡尔佛里，今天是杀人的日子；
两个是贼，还有一个——不知到底
是谁？有人说他是一个魔鬼；
有人说他是天父的亲儿子，
米赛亚……看，那就是，他来了！
咦！为什么有人替他抗着
他的十字架？你看那两个贼，
满头的乱发，眼睛里烧着火，
十字架压着他们的肩背！
他们跟着耶稣走着；唉，耶稣，
他到底是谁？他们都说他有
权威，你看他那样子顶和善，
顶谦卑——听着，他说话了！他说：

"父呀，饶恕他们吧，他们自己
都不知道他们犯的是什么罪。"
我说你觉不觉得他那话怪，
听了叫人毛管里直淌冷汗？
那黄头毛的贼，你看，好像是
梦醒了，他脸上全变了气色，
眼里直流着白豆粗的眼泪；
准是变善了！谁要能赦了他，
保管他比祭司不差什么高矮！……
再看那妇女们，小羊似的一群，
也跟着耶稣的后背，头也不包，
发也不梳，直哭，直叫，直嚷，
倒象上十字架的是她们亲生
儿子；倒象明天太阳不透亮……
再看那群得意的犹太，法利赛。
法利赛，穿着长袍，戴着高帽，
一脸的奸相；他们也跟在后背，
他们这才得意哪，瞧他们那笑！
我真受不了那假味儿，你呢？
听他们还嚷着哪："快点儿走，
上'人头山'去，钉死他，活活钉死他！"……
唉，躲在墙边高个儿的那个？
不错，我认得，黑黑的脸，矮矮的
就是他该死，他就是犹大斯！
不错，他的门徒。门徒算什么？

耶稣就让他卖，卖现钱，你知道！
他们也不止一半天的交情哪：
他跟着耶稣吃苦就有好几年，
谁知他贪小，变了心，真是狗屎！
那还只前天，我听说，他们一起
吃晚饭，耶稣与他十二个门徒，
犹大斯就算一枚；耶稣早知道
迟早他的命，他的血，得让他卖；
可不是他的血？吃晚饭时他说，
他把自己的肉喂他们的饿，
也要把他自己的血止他们的渴，
意思要他们逼着患难时多少
帮着一点：他还亲手舀着水
替他们洗脚，犹大斯都有份，
还拿自己的腰布替他们擦干！
谁知那大个儿的黑脸他，没等
擦干嘴，就拿他主人去换钱：——
听说那晚耶稣与他的门徒
在橄榄山上歇着，冷不防来了，
犹大斯带着路，天不亮就干，
树林里密密的火把像火蛇，
蜓看来了，真恶毒，比蛇还毒，
他一上来就亲他主人的嘴，
那是他的信号，耶稣就倒了霉。
赶明儿你看，他的鲜血就在

巴黎的鳞爪·轮盘小说集

十字架上冻着！我信他是好人；

就算他坏，也不该让犹大斯

那样肮脏的卖，那样肮脏的卖……

我看着惨，看他生生的让人

钉上十字架去，当贼受罪，我不干！

你没听着怕人的预言？我听说

公道一完事，天地都得昏黑——

我真信，天地都得昏黑——回家吧！

一条金色的光痕（硖石土白）

来了一个妇人，一个乡里来的妇人，

穿着一件粗布棉，一条紫棉绸的裙，

一双发肿的脚，一头花白的头发，

慢慢地走上我们前厅的石阶；

手护着一扇堂窗，她抬起她的头，

望着夺堂上的陈设，颤动着她的牙齿脱尽了的口。

她开口问了：

得罪那，问声点看，

我要来求见徐家格拉太太，有点事体……

认真则，格拉就是太太。真是老太婆哩，

眼睛赤花，连太大都勿认得哩！

是欧，太太，今朝特为打乡下来欧，

乌青青就出门；田里西北风度来野欧，是欧，

太太，为点事体要来求求太太呀！

太太，我拉垗上，东横头，有个老阿太，

姓李，亲丁末……老早死完哩，伊拉格大官官，——
李三官，起先到街上来做长年欧，——早几年
成了弱病，田末卖掉，病末始终勿曾好；
格位李家阿太老年格运气真勿好，全靠
场头上东帮帮，西讨讨，吃一口白饭，
每年只有一件绝薄欧棉袄靠过冬欧，
上个月听得话李家阿太流火病发，
前夜子西北风起，我野冻得瑟瑟叫抖，
我心里想李家阿太勿晓得哪介哩，
昨日子我一早走到伊屋里，真是罪过！
老阿太已经去哩，冷冰冰欧滚在稻草里，
也勿晓得几时脱气欧，野呒不人晓得！
我也呒不法子，只好去喊拢几个人来，
有人话是饿煞欧，有人话是冻煞欧，
我看一半是老病，西北风野作兴有点欧；——
为此我到街上来，善堂里格位老爷
本里一具棺材，我乘便来求求太太，
做做好事，我晓得太太是顶善心欧，
顶好有旧衣裳本格件把。我还想去
买一刀锭箔；我自己屋里野是滑白欧，
我只有五升米烧顿饭本两个帮忙欧吃，
伊拉抬了材，外加收作，饭总要吃一顿欧
太太是勿是？……嗳，是欧！嗳，是欧！
喔唷，太太认真好来，真体恤我拉穷人……
格套衣裳正好……喔唷，害太大还要

难为洋钿……喔唷，喔唷……我只得
朝太太磕一个响头，代故世欧谢谢！
喔唷，那么真真多谢，真欧，太太……

灰色的人生

　　我想——我想开放我的宽阔的粗暴的嗓音，唱一支野蛮的大胆的骇人的新歌；

　　我想拉破我的袍服，我的整齐的袍服，露出我的胸膛，肚腹，肋骨与筋络；

　　我想放散我一头的长发，像一个游方僧似的散披着一头的乱发；

　　我也想跣我的脚，跣我的脚，在巉崖似的道上，快活地、无畏地走着。

　　我要调谐我的嗓音，傲慢的，粗暴的，唱一阕荒唐的、摧残的、弥漫的歌调；

　　我伸出我的巨大的手掌，向着天与地，海与山，无餍地求讨，寻捞；

　　我一把揪住了西北风，问他要落叶的颜色；

我一把揪住了东南风，问他要嫩芽的光泽；

我蹲身在大海的边旁，倾听他的伟大的酣睡的声浪；

我捉住了落日的彩霞，远山的露霭，秋月的明辉，散放在我的发上，胸前，袖里，脚底……

我只是狂喜地大踏步向前——向前——口里唱着暴烈的、粗伧的、不成章的歌调；

来，我邀你们到海边去，听风涛震撼太空的声调；

来，我邀你们到山中去，听一柄利斧砍伐老树的清音；

来，我邀你们到密室里去，听残废的，寂寞的灵魂的呻吟；

来，我邀你们到云霄外去，听古怪的大鸟孤独的悲鸣；

来，我邀你们到民间去，听衰老的、病痛的、贫苦的、残毁的、罪恶的、自杀的——和着深秋的风声与雨声——合唱"灰色的人生"！

破庙

慌张的急雨将我
赶入了黑丛丛的山坳，
迫近我头顶在腾拿，
恶狠狠的乌龙巨爪；
枣树兀兀的隐蔽着
一座静悄悄的破庙，
我满身的雨点雨块，
躲进了昏沉沉的破庙；

雷雨越发来得大了：
霍隆隆半天里霹雳，
豁喇喇林叶树根苗，
山谷山石，一齐怒号，
千万条的金剪金蛇，
飞入阴森森的破庙，

我浑身战抖，趁电光
估量这冷冰冰的破庙；

我禁不住大声喊叫：
电光火把似的照耀，
照出我身旁神龛里
一个青面狞笑的神道，
电光去了，霹雳又到，
不见了狞笑的神道，
硬雨石块似的倒泻——
我独身藏躲在破庙；

千年万年应该过了！
只觉得浑身的毛窍，
只听得骇人的怪叫，
只记得那凶恶的神道，
忘了我现在的破庙；
好容易雨收了，雷休了，
血红的太阳，满天照耀，
照出一个我，一座破庙！

巴黎的鳞爪·轮盘小说集

恋爱到底是什么一回事

恋爱他到底是什么一回事？——
他来的时候我还不曾出世；
太阳为我照上了二十几个年头，
我只是个孩子，认不识半点愁；
忽然有一天——我又爱又恨那一天——
我心坎里痒齐齐的有些不连牵，
那是我这辈子第一次的上当，
有人说是受伤——你摸摸我的胸膛——
他来的时候我还不曾出世，
恋爱他到底是什么一回事？

这来我变了，一只没笼头的马，
跑遍了荒凉的人生的旷野：
又像那古时间献璞玉的楚人，
手指着心窝，说这里面有真有真，

你不信时一刀拉破我的心头肉，
看那血淋淋的一掬是玉不是玉；
血！那无情的宰割，我的灵魂！
是谁逼迫我发最后的疑问？

疑问！这回我自己幸喜我的梦醒，
上帝，我没有病，再不来对你呻吟！
我再不想成仙，蓬莱不是我的分；
我只要这地面，情愿安分的做人，——
从此再不问恋爱是什么一回事，
反正他来的时候我还不曾出世！

常州天宁寺闻礼忏声

有如在火一般可爱的阳光里，偃卧在长梗的，杂乱的丛草里，听初夏第一声的鹧鸪，从天边直响入云中，从云中又回响到天边。

有如在月夜的沙漠里，月光温柔的手指，轻轻的抚摩着一颗颗热伤了的沙粒，在鹅绒般软滑的热带的空气里，听一个骆驼的铃声，轻灵地，轻灵地，在远处响着，近了，近了，又远了……

有如在一个荒凉的山谷里，大胆的黄昏星，独自临照着阳光死去了的宇宙，野草与野树默默的祈祷着。听一个瞎子，手扶着一个幼童，铛的一响算命锣，在这黑沉沉的世界里回响着。有如在大海里的一块礁石上，浪涛像猛虎般地狂扑着，天空紧紧地绷着黑云的厚幕，听大海向那威吓着的风暴，低声的，柔声的，忏悔它一切的罪恶。

有如在喜马拉雅的顶颠，听天外的风，追赶着天外的云的脚步声，在无数雪亮的山壑间回响着。

有如在生命的舞台的幕背，听空虚的笑声，失望与痛苦的呼答声，残杀与淫暴的狂欢声，厌世与自杀的高歌声，在生命的舞台上合奏着。

我听着了天宁寺的礼忏声！
这是哪里来的神明？人间再没有这样的境界！

这鼓一声，钟一声，磬一声，木鱼一声，佛号一声……乐音在大殿里，迂缓的，漫长的回荡着，无数冲突的波流和谐了，无数相反的色彩净化了，无数现世的高低消灭了……

这一声佛号，一声钟，一声鼓，一声木鱼，一声磬，谐音磅礴在宇宙间——解开一小颗时间的尘埃，收束了无量数世纪的因果。

这是哪里来的大和谐——星海里的光彩，大千世界的音籁，真生命的洪流：止息了一切的动，一切的扰攘。

在天地的尽头，在金漆的殿椽间，在佛像的眉宇间，在我的衣袖里，在耳鬓边，在感官里，在心灵里，在梦里，……

在梦里，这一瞥间的显示，青天，白水，绿草，慈母温

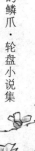

软的胸怀，是故乡吗？是故乡吗？

光明的翅羽，在无极中飞舞！

大圆觉底里流出的欢喜，在伟大的、庄严的、寂灭的、无疆的、和谐的静定中实现了！

颂美呀，涅槃！赞美呀，涅槃！

毒药

　　今天不是我唱歌的日子，我口边涎着狞恶的微笑，不是我说笑的日子，我胸怀间插着发冷光的利刃；相信我，我的思想是恶毒的，因为这个世界是恶毒的，我的灵魂是黑暗的，因为太阳已经灭绝了光彩，我的声调像是坟堆里的夜鸮，因为人间已经杀尽了一切的和谐，我的口音像是冤鬼责问他的仇人，因为一切，恩已经让路给一切的怨；但是相信我，真理是在我的话里，虽然我的话像是毒药，真理是永远不含糊的，虽然我的话里仿佛有两头蛇的舌，蝎子的尾尖，蜈蚣的触须；只因为我的心里充满着比毒药更强烈、比咒诅更狠毒、比火焰更猖狂，比死更深奥的不忍心与怜悯心与爱心，所以我说的话是毒性的、咒诅的、燎灼的、虚无的。

　　相信我，我们的一切准绳已经埋没在珊瑚土打紧的墓宫里，最劲冽的祭肴的香味也穿不透这严封的地层：一切的准则是死了的；我们的一切信心像是顶烂在树枝上的风筝，我们手里擎着这进断了的鹞线，一切的信心是烂了的。

相信我，猜疑的巨大的黑影，像一块乌云似的，已经笼盖着人间的一切关系：人子不在悲哭他新死的亲娘，兄弟不再来携着他姊妹的手，朋友变成了寇仇，看家的狗回头来咬他主人的腿。是的，猜疑淹没了一切；在路旁坐着啼哭的，在街心里站着的，在你窗前探望的，都是被奸污的处女；池潭里只见些烂破的鲜艳的荷花；

在人道恶浊的洞水里流着，浮荇似的，五具残缺的尸体。它们是仁、义、礼、智、信，向着时间无尽的海澜里流去；

这海是一个不安静的海，波涛猖獗的翻着，在每个浪头的小白帽上分明地写着人欲与兽性；

到处是奸淫的现象：贪心搂抱着正义，猜忌逼迫着同情，懦怯狎亵着勇敢，肉欲侮弄着恋爱，暴力侵凌着人道，黑暗践踏着光明。

听呀，这一片淫猥的声响，听呀，这一片残暴的声响；

虎狼在热闹的市街里，强盗在你们妻子的床上，罪恶在你们深奥的灵魂里……

白旗

来，跟着我来，拿一面白旗在你们的手里——不是上面写着激动怨毒，鼓励残杀字样的白旗，也不是涂着不洁净血液的标记的白旗，也不是画着忏悔与咒语的白旗（把忏悔画在你们的心里）；

你们排列着，噤声的，严肃的，象送丧的行列，不容许脸上留存一丝的颜色，一毫的笑容，严肃的，噤声的，象一队决死的兵士；

现在时辰到了，一齐举起你们手里的白旗，象举起你们的心一样，仰看你们头顶的青天，不转瞬的，恐惶的，象看着你们自己的灵魂一样；

现在时辰到了，你们让你们熬着，雍着，迸裂着，沸腾着的眼泪流，直流，狂流，自由的流，痛快的流，尽性的流，象山水出峡似的流，象暴雨倾盆似的流……

现在时辰到了，你们让你们咽着，压迫着，挣扎着，汹涌着的声音嚎，直嚎，狂嚎，放肆的嚎，凶狠的嚎，象飓风

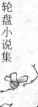

巴黎的鳞爪 · 轮盘小说集

在大海波涛间的嚎，象你们丧失了最亲爱的骨肉时的嚎……

现在时辰到了，你们让你们回复了的天性忏悔，让眼泪的滚油煎净了的，让嚎恸的雷霆震醒了的天性忏悔，默默的忏悔，悠久的忏悔，沉彻的忏悔，象冷峭的星光照落在一个寂寞的山谷里，象一个黑衣的尼僧匐伏在一座金漆的神龛前；……

在眼泪的沸腾里，在嚎恸的酣彻里，在忏悔的沉寂里，你们望见了上帝永久的威严。

婴儿

我们要盼望一个伟大的事实出现，我们要守候一个馨香的婴儿出世：——

你看他那母亲在她生产的床上受罪！

她那少妇的安详，柔和，端丽，现在在剧烈的阵痛里变形成不可信的丑恶：你看她那遍体的筋络都在她薄嫩的皮肤底里暴涨着，可怕的青色与紫色，像受惊的水青蛇在田沟里急泅似的，汗珠贴在她的前额上像一颗弹黄豆，她的四肢与身体猛烈的抽搐着，畸屈着，奋挺着，纠旋着，仿佛她垫着的席子是用针尖编成的，仿佛她的帐围是用火焰织成的；

一个安详的，镇定的，端庄的，美丽的少妇，现在在绞痛的残酷里变形成魔鬼似的可怖：她的眼，一时紧紧地阖着，一时巨大地睁着，她那眼，原来像冬夜池潭里反映着的明星，现在吐露着青黄色的凶焰，眼珠像烧红的炭火，映射出她灵魂最后的奋斗，她的原来朱红色的口唇，现在像是炉底的冷灰，她的口颤着，撅着，扭着，死神的热烈的亲吻不容许她一息的平安，她的发是散披着，横在口边，漫在胸前，像楸乱的麻丝，她的手指间紧抓着几穗拧下来的乱发。

这母亲在她生产的床上受罪——

但她还不曾绝望，她的生命挣扎着血与肉与骨与肢体的纤维，在危崖的边沿上，抵抗着，搏斗着，死神的逼迫；

她还不曾放手，因为她知道（她的灵魂知道！）这苦痛不是无因的，因为她知道她的胎宫里孕育着一点比她自己更伟大的生命的种子，包含着一个比一切更永久的婴儿。

因为她知道这苦痛是婴儿要求出世的征候，是种子在泥土里爆裂成美丽的生命的消息，是她完成她自己生命的使命的时机。

因为她知道这忍耐是有结果的，在她剧痛的昏瞀中，她仿佛听着上帝准许人间祈祷的声音；她仿佛听着天使们赞美未来的光明的声音。

因此她忍耐着，抵抗着，奋斗着……她抵拼绷断她通体的纤维，她要赎出在她那胎宫里动着的生命，在她一个完全美丽的婴儿出世的盼望中，最锐利，最沉酣的痛感逼成了最锐利最沉酣的快感……